古書堂事件手帖

～扉子與不可思議的訪客～

三上 延

輕文學
Light Literature

主要登場人物

篠川栞子

文現里亞古書堂年輕貌美的女店主。和第一次見面的人無法好好說話，極度怕生，不過遇到舊書相關問題就會展現卓越的知識，徹頭徹尾是個書蟲。頭腦聰明，推理能力優異。大輔的妻子。

五浦大輔

因為外婆遺留的夏目漱石《從此以後》謎團而開始在文現里亞古書堂工作。他根據過去的經驗，發現自己有無法看書的特殊體質。長相嚴肅所以經常遭人誤會，不過對書十分嚮往。栞子的丈夫。

篠川扉子

栞子和大輔六歲的女兒。長相與母親相似，嗜好是看書。遇到與書有關的事情，直覺就會變得很敏銳。

篠川文香

栞子的妹妹。與栞子相似又不同。個性開朗，無法隱瞞事情。對於舊書店工作一知半解，多半是代替姊姊做家事和顧店。

篠川智惠子

栞子和文香的母親。在古書方面擁有凌駕栞子的知識，不過也有要脅他人賣書等強悍的一面。某天留給栞子一本《Cracra日記》就離家出走，十年來不曾露面。為了西洋舊書的買賣，經常往來世界各國。

坂口昌志

年輕時曾經生活困苦搶銀行而遭到逮捕，留下前科。因為《邏輯學入門》這本書，娶了年紀小二十歲的妻子忍，兩人在生活中相互扶持。視力不好，幾乎看不見。

坂口忍

昌志的妻子。表情豐富且個性容易與人打成一片。自從《邏輯學入門》被拿去文現里亞古書堂賣掉那件事之後，與篠川家保持往來。與昌志之間有一個年幼的兒子。

玉岡昴

住在文現里亞古書堂附近的年輕人。因為栞子的母親智惠子賣給玉岡家的宮澤賢治《春與修羅》初版書引起的事件，而與栞子他們結識。與文香是就讀同一所高中的學姊和學弟，有時也會擔任文現里亞古書堂的臨時工讀生。

滝野蓮杖

港南台滝野書店的少東。也擔任舊書市場的營運委員。妹妹瑠與栞子是同學，也是栞子的老朋友。很清楚篠川家的情況。

小菅奈緒

因為偷走文現里亞古書堂常客志田的書——小山清《拾穗・聖安徒生》而與栞子等人認識。與文香是同一所高中的同學。從那次偷竊事件之後，和志田成為聊書的朋友。

志田

自稱背取屋的流浪漢，主要以絕版文庫為交易重心。住在鵠沼海岸附近的橋下。有段時間行蹤不明。

吉原喜市

住在橫濱的舞砂道具店前任老闆。因為在莎士比亞舊書爭奪戰中慘敗，自此鬱鬱寡歡。

序章

篠川栞子突然從書裡抬起頭。

（我剛才原本在做什麼？）

眼鏡後側形狀美好的眉毛蹙了蹙。紮在背後的黑色長髮隨著她偏頭思考的動作搖曳。她此刻正站在北鎌倉自家住宅的廚房裡。

面前的餐桌上擺著她剛才正在閱讀的大尺寸硬殼精裝書。板垣信久、小西千鶴寫的《昭和天皇的三餐》，旭屋出版。內容是以食譜形式介紹昭和天皇的每日三餐。多半是咖哩飯、焗烤白醬通心粉等，令人意想不到的簡樸菜色。一般家庭似乎也能做。

「啊。」

終於想起來了，她因為想不到晚餐要煮什麼，想看看有沒有靈感，所以從二樓書庫拿來這本書，結果一不留神就讀了起來。丈夫大輔如果在場的話，就會提醒她，不過大輔今天一早就出門了。

栞子他們經營的文現里亞古書堂今天是公休日。她也沒有其他計畫。

從隔壁和室傳來電視機的聲音。電視畫面中的女性播報員說，為了準備後年的東京奧運，新國立競技場正在如火如荼施工中。

現在是二〇一八年的秋天。栞子與五浦大輔結婚已過了七年。

大輔常說她還是跟以前一樣沒變，栞子認為他說的大概是個性而不是外表。與栞子同樣有——一開始看書就會忽略四周——習慣的家人，現在又多了一個。

「沒在看的話，就把電視關掉。」

栞子進入和室，按下遙控器按鈕。穿著黃色洋裝的少女正端正跪坐在矮桌前。她是大輔和栞子的女兒，今年六歲；除了沒戴眼鏡、年齡不同之外，她和栞子同樣有著端正清秀的輪廓及黑色長髮。

「……扉子。」

叫了名字也不回應。篠川扉子正沉迷於閱讀。

她正在看江戶川亂步的《電人M》，少年偵探團系列的其中一冊，POPLAR出版的舊版，封底有黃金面具標誌。看這種內容的書，對一個幼稚園幼童來說太早了，不過這個家裡沒有人會覺得看這本書有什麼不對。栞子也在同樣年紀時讀過。

栞子的智慧型手機響起，是丈夫大輔的來電。

「怎麼了？」

栞子按下通話鍵一邊說話一邊往走廊走去。她只要一急，走起路來就有點一拐一拐；那是舊傷的後遺症。

『我現在人在羽田機場，有點事情要拜託妳。』

大輔說得倉促。雙方即使結了婚，也沒有改變對彼此用敬語說話的習慣。隱約能夠聽見機場的廣播。似乎就要登機了。

丈夫接下來要前往上海協助栞子的母親——篠川智惠子處理一筆大訂單。

七年前，栞子和大輔在與智惠子的爭奪戰中獲勝，取得珍貴的莎士比亞劇本集「第一對開本」。因為這個契機，他們開始向智惠子學習西洋舊書的交易。扉子出生之後中斷了幾年，現在則是夫妻輪流擔任人在國外的智惠子的助手。

「要拜託我什麼事？」

『我怕自己把書隨手亂放。就是那本包著藍色書衣的……』

「啊啊，那本書。」

丈夫有時會很珍惜地翻閱。栞子也很清楚那是什麼書。

「你放在哪邊？」

『八成是在店裡的櫃台……不對，可能在倉庫。總之妳方便的時候幫……』

「我知道了。我去找找。」栞子搶先回答。

『拜託妳了。』大輔說完掛掉電話。那本書在交易市場上不值錢，可是最好別被其他人看到。

栞子從主屋進入文現里亞古書堂。沒開燈的昏暗店內排列著塞滿舊書的書架。經年累月的老舊紙張味道使得栞子很放鬆。

爺爺開這家店是在五十多年前，從這裡望著店內所看到的景象大概不曾改變。現在負責整理店內書架的人是大輔；他還是一樣無法長時間閱讀文字書，不過已經能夠獨當一面。栞子主要負責網拍業務，大輔則是負責店內的實體交易。

當作工作空間的櫃台處沒有找到藍色書衣的書。放在哪裡呢？栞子手指按著太陽穴，在腦海中依序重新播放大輔這幾天的行動。

栞子能夠清楚回想起自己看過的丈夫行動，至少能夠回溯至一個月之前。儘管她擁有過人的記憶力，不過她不曾向別人提過這點；因為說了只會被別人當成變態，聽到的人會臉色大變。除了看書之外，她的注意力多半都在丈夫和女兒身上。

最後一次看到藍色書衣的書是在昨天下午。栞子吃完午餐回到書店時，大輔合上那本書站起來，正好有客人抱著一個大紙箱走進店裡來賣書。店外也停著客人的車。

「歡迎光臨。」

大輔俐落繞過櫃台，上前去接下客人的物品。他的身形固然高大，動作卻沒有半點拖泥帶水，栞子一不小心就看入迷。她從單身時代就喜歡像這樣目光偷偷追著大輔。

（好帥。）

栞子忘了自己正在找東西，帶著淺笑不停回憶那段往事。

「妳在找什麼書大人嗎？」

栞子聽到背後的聲音，一回頭就看到穿著黃洋裝的女兒扉子睜大著晶亮的雙眼。這下子似乎很難敷衍過去了——這孩子和她一樣，對於書的事情格外敏銳。栞子過來找書的事被她發現了。

「……祕密。」

她只帶著未盡的笑意這麼說。這種吊胃口的說話方式很像篠川智惠子。自己也會變成那樣嗎？——栞子有些自我厭惡。即使開始協助母親的工作，對於母親過去拋棄家人的心結仍舊沒有完全散去。

「為什麼？告訴我嘛！」

扉子不滿嘟嘴。栞子緘口不說。大輔不希望讓孩子看到那本書，所以才特地打電話回來。

「給點提示又不會怎樣……媽媽真小氣……」

扉子以演戲般誇張的動作開始搜尋櫃台各處，並哼著走調的曲子。大概是剛才閱讀的少年偵探團系列影響吧。

女兒與栞子不同，表情豐富且應答清晰明確，與現在一個人住的妹妹文香很像。只不過扉子在幼稚園和鄰居之中完全沒有朋友，與自來熟的文香不同。

扉子對其他小朋友不感興趣，去哪裡都抱著書，熱衷於看書，不過當事人卻始終樂觀，也不在意周遭其他人的擔心。栞子也曾經不太積極地勸說，希望她多和幼稚園其他朋友玩耍，扉子卻無憂無慮地笑著說：

「書就是我的朋友。」

栞子也不能說什麼。

她自己直到十五歲為止也沒有半個朋友，只顧著看書，所以沒有資格要求女兒。儘管栞子明白這點，她還是覺得扉子最好能夠與他人有些互動。

不需要跟任何人都交好，但至少要與人來往。

「啊，這本書！」

聽到女兒大喊，栞子愣了一下。該不會在毫無提示的情況下找到了吧？——不是。女兒手裡拿的是別的文庫本。

新潮文庫的《枳花　北原白秋童謠集》。與田準一編著。初版是一九五七年發行，擺在這裡的是一九九三年重新發行的版本。

「我之前在忍阿姨家裡看過一樣的書！」

忍阿姨是指住在逗子的坂口忍。那位女士過去曾經為了討回《邏輯學入門》，找上當時正在住院的栞子。她現在和雙眼失明的年長丈夫、上小學的兒子三個人一起住在逗子。與栞子一家仍持續有往來。

「妳記得真清楚。」

栞子點頭。

「坂口阿姨家裡的《枳花》是我們店賣出的。」

那本書抵達坂口家的過程有些曲折。栞子也是直到很久之後才聽坂口夫妻說起那件事，而且她聽到的恐怕還不是事件的全貌。

輾轉來到他人手裡的舊書，除了寫在書裡的故事之外，連書本身也有故事。

「忍阿姨在我們家買的嗎？」

「不是，是坂口先生……坂口叔叔的家人送他的。」

「小昌叔叔嗎？」

扉子睜大雙眼。他的全名是坂口昌志，不過妻子忍叫他「小昌」。這個稱呼也被扉子學了去。

「我聽不懂。什麼意思？」

栞子沉思了一會兒。當初聽到那段故事時，忍笑著說：「沒有什麼好隱瞞的。」話雖如此，但書的故事也夾帶著書主們的個人隱私，不見得能夠告訴任何人。可以告訴這孩子的，頂多只有不會引起問題的故事梗概。

「告訴我嘛！我想知道、我想知道～」

扉子把手裡的文庫本推過來。只要是與書有關的事情，這孩子全都想知道。和以前的栞子一樣。

「妳可以和我約好不告訴任何人嗎？」

「好！可以！」

扉子用力舉起手。

扉子——栞子與大輔希望她能夠對各式各樣事物感到好奇、希望她打開多扇門扉，因此取了這個名字。或許這孩子也能夠經由書產生與人交流的興趣，就像打開書的扉頁。

栞子拉過踏台讓女兒坐好，自己也在一旁的金屬椅子坐下。

「這件事情發生在扉子出生的前一年，也就是爸爸媽媽剛結婚的時候……」

栞子平靜開口。

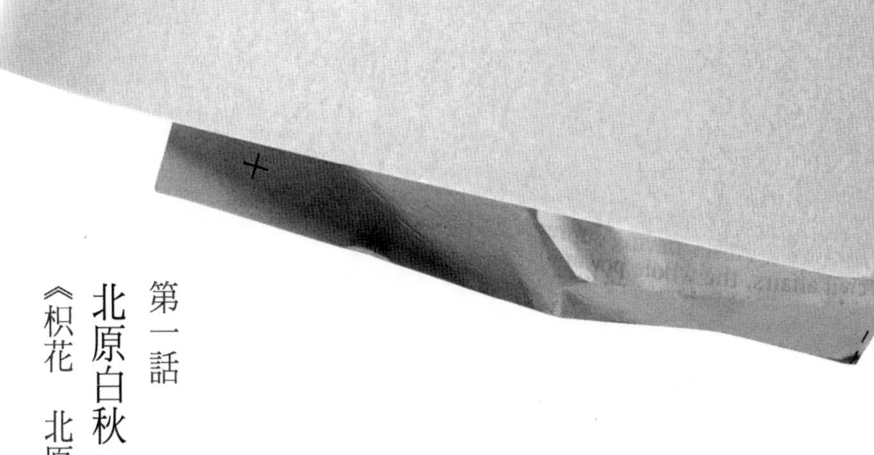

第一話

北原白秋、與田準一編著

《枳花　北原白秋童謠集》（新潮文庫）

橫須賀線的電車正好停在印著「北鎌倉」站名的標誌前面。

平尾由紀子從打開的車門來到月台上。分明是平日，電車和月台上卻全是老人團體。大家都穿著方便行動的服裝，背著後背包。想了一會兒之後，她想到十一月的現在是賞楓的季節。

上次來鎌倉已經是二十年前。最後一次來這兒，是剛進大學與男朋友約會時。她與他在畢業後結婚，生了三個小孩後離婚；現在她成天忙著照顧小孩與上班，過著沒有閒暇賞楓的忙碌生活。

今天她是從千葉縣習志野的住處來到這裡。目的當然不是觀光，而是為了拜訪住在逗子的叔叔。在那之前她必須先走一趟北鎌倉。

打開智慧型手機的地圖APP確認目的地，似乎就在從月台能夠看見的場所。

（……就是那邊吧？）

與月台平行的馬路對面，可以看到一棟老舊的兩層樓建築。店前豎著寫有「文現里亞古書堂」的旋轉招牌。那家店與由紀子所站的位置只有短短幾步的距離，可不巧的是驗票口位在月台最底端；看樣子得繞上一大段路才能抵達。

由紀子嘆了一口氣之後快步往前走；繼續在這兒想破頭也不是辦法，討厭的事情最好速戰速決。快速切換想法是由紀子的專長，否則她無法帶著就讀小學和幼稚園的兒女們度過每天的生活。

她接下來要去見的叔叔名叫坂口昌志。

那個人已經將近三十年不曾與平尾家往來。

與叔叔見面的原因是因為父親住院。

由紀子的父親平尾和晴原本在習志野的一所國中擔任老師。他個性嚴肅古板，不是學生喜歡的類型，不過可以確定的是他把教職工作視為天職；退休後也在補習班當老師，直到快七十歲仍站在講台上。

或許是長年熬夜製作教材和改考卷等的積勞成疾，他上個月因為腦中風病倒。儘管沒有生命危險，但右半身幾乎不能動，也無法正常說話。由紀子的母親久枝天天到醫院陪他。

坂口昌志就是在這個時候打電話到平尾家。他大概是從哪兒聽說了父親住院的消息。

『我可以去探望大哥嗎？』

時隔幾十年再次聽到的嗓音，與病倒前的父親相似到可怕。由紀子沒有問對方的近況，只說了會再問過父母就掛斷電話。握著話筒的手還微微滲著汗水。

坂口昌志是由紀子的父親和晴的同父異母弟弟，小了八歲。和晴他們的父親——也就是由紀子的爺爺，在第一任妻子過世的幾年之後娶了繼室——因為對方懷了孕，不得已只好入籍。不過兩人從結婚當時就感情不睦。

那位繼室是怎樣的人，所有親戚都閉口不提。總之在昌志出生不到五年，她就帶著兒子離開了。

由紀子的父親擔心著年幼的弟弟，曾經去他們搬走後住的公寓找過，但他們似乎又搬去了別處。從此再也沒有消息。

再次聽到坂口昌志的名字是在大約十五年之後，也就是當時快要三十歲的父親首次擔任級任老師時。當時爺爺已經過世。

那年的一月，失業自暴自棄的昌志因為搶銀行被逮。他已經成年了，所以本名被大幅公開報導出來。聽說警方和記者還來過父親他們家裡和學校。

「在鄰居之間和學校都在謠傳毫無根據的流言。」

母親曾經以閒聊的口吻若無其事地提起這件事。事發當時她與父親甫結婚，還沒有生由紀子。

「說那個人曾經因為缺錢上門來商量，卻被你父親冷漠趕走，所以落得去搶銀行的下場。我們分明連對方住在哪裡都不知道……妳爸就是那種人，不管人家怎麼說都忍著不反擊。所以我想也是因為那件事，他直到退休都無法當上教務主任。」

母親的語氣固然與平常沒有兩樣，不過她的笑意卻不達眼底。或許對於受過千金小姐教育、端莊賢淑的母親來說，那是她不願憶起的可怕過去吧。

母親反對坂口昌志探望父親，當然由紀子也是，不過父親的想法似乎不同。凡事沉默以對的父親，在病倒之前也幾乎不曾提過對於弟弟的看法。

過了一陣子之後，坂口昌志送來慰問品，還附上無須回禮的字條。把這件事告訴父親後，父親說：「妳送祝賀生子的賀禮去給昌志吧。」

由紀子也聽聞叔叔生了小孩。聽說他與小他二十歲、在小酒館工作的媽媽桑同居多年，直到最近才有了孩子。

老實說由紀子覺得很不舒服。叔叔應該已經六十歲了，伴侶的年紀卻與即將四十歲的自己沒兩樣。年齡差距這麼大的兩個人一起生小孩——這樣腥羶的事情只讓人感到毛骨悚然，實在無法湧上祝福的心情。

總之由紀子還是按照父親的希望包了紅包，不過他還委託她一樁詭異的事情，他希望她連同紅包送上一本書。

那是一本童謠集——北原白秋的《枳花》。

由紀子上網搜尋發現書已絕版，於是上二手書網路商店訂購。有幾家店還有庫存，由紀子從那些店當中選了北鎌倉的舊書店；位在北鎌倉的話，去叔叔家的路上可以順路過去拿書。如果請對方寄到習志野的家裡，恐怕來不及在約好拜訪的日子之前拿到。

那家舊書店是文現里亞古書堂。

走出北鎌倉車站的人群紛紛往與由紀子相反的方向走去。那邊似乎有一座很大的寺院。文現里亞古書堂所在的路上幾乎不見人影。

秋日溫和的陽光照射在書店屋簷上，塞滿書櫃的店內反而顯得有些昏暗。這裡似乎是舊書迷常來逛的書店。

對於偶而買買暢銷書、不太看文字書的由紀子來說，她很難推門走進去，彷彿有一堵無形的牆壁將她擋在門外。

店內深處的櫃台那兒有個戴著眼鏡的長髮年輕女子。素白色的女用襯衫外頭套著綠色的開襟羊毛衣，那個樸素的打扮看起來與四周的舊書十分協調。對方抬起沒有化妝的臉，是位鼻子很挺的美女。講到舊書店，一般人的印象都是上了年紀的老先生在經營；看到是女店員，由紀子不自覺鬆了一口氣。

與由紀子對上視線的她，用僵硬的表情尷尬點頭致意。

打開玻璃門進入店內，已經夠窄的通道上也堆著書；光是要注意腳步、別踢到書走路就費了一番功夫。

「歡、歡迎光臨……請問您要找什麼書呢？」

她小聲囁嚅著，手扶著櫃台站起身。意想不到的豐滿胸部在眼前搖晃。左手無名指的婚戒閃閃發亮。

（已經嫁人啦。）

由紀子打心底認為這個女孩應該也是對結婚對象一無所知，卻想過幸福的婚姻生活，才會選擇結婚。她不希望年輕人經歷與自己相同的辛苦。

錯。

「我是來拿網路上訂的書。敝姓平尾。」

由紀子告知之後，對方的臉上瞬間明亮；彷彿她上一刻的有氣無力是自己眼花看

「啊啊，北原白秋的《枳花》！請稍等。」

她單手扶著櫃台，以不穩的姿勢把手伸向附近的書堆。由紀子注意到靠著櫃台的金屬製拐杖；看來這位店員的腳不方便。

「這一本可以嗎？」

她遞出一冊文庫本。北原白秋的名字大大印在半透明的書封上，設計清爽高雅。

「是的，就是這個。」

她已經請父親確認過書封照片。書況跟新品沒兩樣，不過價格卻不是很貴。

「我要送人的，請幫我包裝。」

開口之後，由紀子才想到一個問題。這個要求對於在百貨公司工作的由紀子來說理所當然，不過這種舊書店會提供禮物包裝服務嗎？

「好的。」

對方回答得很乾脆。幸好這家店可以幫忙包裝。由紀子鬆了一口氣。

「……需要附上祝賀裝飾嗎？」

「不用。只要禮物包裝就好。」

紅包袋上面已經有祝賀裝飾，不需要連這本書也附上。店員拿出包裝紙；包裝速度不是很快，不過拿書的手勢十分慎重，所以看起來很舒服。她一定很喜歡這份工作吧。由紀子腦海中突然浮現熱愛教職的父親的臉。

「您喜歡白秋的童謠嗎？」

「……不是我，是家父喜歡北原白秋。這本書是家父要送給自己的弟弟……我叔叔的東西。」

父親喜歡古詩和童謠，所以收集了許多北原白秋的全集和詩集。小時候唱給由紀子聽的全都是白秋的童謠。或許他也曾經唱給弟弟昌志聽過。

「北原白秋無論是作為一位詩人或歌人都很有名，他的童謠如今也被廣泛傳唱著──《等到茫然》、《紅磚暖爐》、《紅鳥小鳥》……還有《枳花》。我非常喜歡這首歌詞。」

枳花開了呢。

白色的，白色的，花開了。

枳花的刺很痛呢。
藍色的，藍色的，針狀的刺。

店員開始小聲唱起來。同樣喜歡這首歌的由紀子也跟著一起唱，隨後兩人相視而笑。小時候聽過的父親歌聲又在耳朵深處甦醒。

由紀子從剛上幼稚園時就獨自一人睡在兒童房；因為她的母親認為這種情況在歐美國家很普遍，而且能夠有效培養孩子的獨立心。由紀子剛開始害怕到睡不著，在黑暗中哭泣，此時父親就會趁著工作空檔過來哄她入睡。

對她來說，父親代替搖籃曲而唱的童謠之中，就屬《枳花》特別有印象。

「《枳花》是根據作曲者山田耕作的回憶寫成歌詞。少年時代在活版印刷工廠工作的山田耕作在自傳中提到自己曾因為工作上不順利，躲在枳樹旁哭泣……這首歌詞很悲傷也很美。」

包裝完畢後，店員仍在繼續說明，似乎是很喜歡聊書。察覺到由紀子的視線，她難為情地把裝著書的紙袋遞過去。

「您的父親對這一本書有特殊的情感嗎？」

「抱歉？」

由紀子反問。

「白秋出版過許多童謠集，有些現在也能夠在新書書店買到。我想是您的父親很喜歡這一本，才會選擇送它吧。」

「是不是這樣，我也不是很清楚……」

這麼說來有件事她一直擱在心上——訂書那天，由紀子找過父親的書房打算找這本書來讀，卻沒有找到。

「他的手邊目前好像沒有這本書。也許是以前常讀。」

「這樣啊……」

店員握拳抵著嘴唇沉思。

「妳為什麼想知道呢？」

「不是很重要，不過……」

店員含糊回應，從背後的書堆抽出一冊文庫本。那是新潮文庫的《枳花——北原白秋童謠集――》，與田準一編著，與剛才包裝那本的標題一樣，不過她手上那本只有書腰，沒有書皮，而且很舊。

「白秋的童謠集《枳花》在戰前也是由新潮文庫出版，不過與田準一編著的版本發行於一九五七年……這本是初版。」

「和我買的那本設計不一樣呢。」

「您買的是一九九三年復刻的第十版，當時的裝幀也換了。這兩本的內容幾乎一樣，不過如果是要找舊書，很多人會在乎版本的不同。」

由紀子明白剛進店裡時，店員特地讓她確認書封的原因了。內容雖然一樣，不過裝幀有別。

「我們店裡有新舊兩版《枳花》的庫存，兩種的書封照片都刊登在網路商店上。若是喜歡這本書的年長者，一般都會選擇自己較熟悉的舊版……為什麼會選擇新版，這點令我有點好奇。」

「我也不清楚原因……總之我讓父親看過封面之後，他說就選這本。」

父親雖然無法正常說話，不過她應該不至於聽錯。由紀子帶著平板電腦去父親的病房，在二手書網路商店搜尋「枳花」、「白秋」，父親指著顯示在最前面的書。之後由

紀子也向他確認過幾次。

「您的父親沒有提到原因嗎？」

「他因為腦中風正在住院。雖然已經恢復意識，不過目前還無法正常說話。」

由紀子原本只想不帶情緒地解釋情況，店員卻露出同情的表情。

「實在很抱歉，我問太多了……」

她說到這裡就沒再繼續說下去，只有尷尬的沉默籠罩著。事情已經辦完，也該離開了，不過饋贈這本書的原因，卻也引起了由紀子心中的好奇。接下來得去與叔叔碰面。因此由紀子希望多打聽一些資訊。

「假設沒有特別喜歡的話，你認為為什麼會用來送禮呢？」

「這個嘛……」

店員比剛才沉思了更久之後，抬起頭。

「比方說，喜歡這本童謠集的，不是您的父親，而是您的叔叔。」

她以食指觸摸《枳花》的封面。不可能——由紀子心想。她很難想像叔叔對孩子唱童謠的樣子。

「只是，如果真是那樣，也應該會選擇新版本，所以我覺得不合理。或許重點不是

北原白秋、與田準一編著《枳花　北原白秋童謠集》（新潮文庫）

《枳花》這本書，而是送書的行為有什麼意義……比方說，送書這件事，是您的父親傳達給您叔叔的訊息。」

這種說法還比較有可能。但就算如此，由紀子不懂為什麼要特地以書傳送訊息？請由紀子直接傳話不就好了嗎？

「您的叔叔住在這附近嗎？」

「他住在逗子。」

由紀子回答。

「已經年過六十，不過最近才生了孩子。我等一下要去送賀禮。」

對著一個陌生人如此開誠布公，或許是希望多少減輕面對叔叔的沉重壓力吧。反正大概不會再見到這位店員了，跟毫無關係的陌生人說話也比較安心。由紀子突然注意到生孩子或許與送這本童謠集有關。童謠是給孩子聽的東西。

「請問……」

店員吶吶地開口。

「您那位叔叔，該不會是坂口先生吧？坂口昌志先生？」

由紀子屏息。她以前不希望從別人口中聽到這名字；有前科的叔叔從來不曾帶來什麼好事。

「妳認識我叔叔嗎？」

「他經常和太太一起來我們店裡。大輔……呃，我先生和我也跟他們很呃、熟……」

或許是注意到氣氛變得緊繃，店員緘口。由紀子想知道的是，這店員對於坂口昌志了解多少；不只是有前科這件事，還有出獄之後，與平尾家斷絕往來的原因。

叔叔告訴過這些人嗎？

如果早就知道一切，卻還能夠與叔叔密切來往，那麼這家店的人也不可信。由紀子焦慮地從錢包掏出千圓鈔與零錢擺在櫃台上，轉身往外走。

正要把手伸向玻璃門，那瞬間門卻發出聲響自然打開。由紀子愣了一下停下腳步。穿著圍裙的年輕男子隔著拉門軌道站在門外；身高是必須仰望的高度，體格壯碩結實。

「栞子，我回來……啊，謝謝惠顧。」

注意到正要離開書店的由紀子，對方點頭致意並讓出一條路來。無名指上戴著與櫃台店員相同的婚戒。一定是她的丈夫吧。

（我丈夫和我也跟他們很呃、熟。）

這位年輕人也和坂口昌志有往來。不發一語離開書店之後，由紀子頭也不回地往前走。沒有人跑來追她。

這樣的緣份真的是偶然嗎？——由紀子甩不掉腦子裡這個疑惑。等她回到北鎌倉車站的驗票口附近時，心情總算平靜下來。

冷靜想想，這一切不可能是有人刻意安排。有《枳花》庫存的舊書店還有其他幾家；選上這家舊書店的人是由紀子自己。北鎌倉距離逗子不遠，而且舊書店就位在車站前面，交通也方便。喜歡舊書的人理所當然會經常光顧這裡。

應該說，叔叔居然變得愛看書，甚至成為舊書店的常客，這點比較令她驚訝。由紀子回想著遙遠記憶中坂口昌志的模樣——個子很高，長臉，眼角有一道大傷疤。聽說那是搶銀行時受的傷。他整個人散發著生人勿近的駭人氣氛，不過仔細想想，除了眼角的傷之外，他似乎是個老實人。

看起來很像銀行員或公務員，或是老師，感覺上喜歡書也沒什麼好訝異的。這麼說來，她記得曾經看過叔叔在像今天這樣晴朗的星期天，坐在平尾家陽台上翻閱破爛的文庫本。

那本書會不會就是白秋的童謠集呢？

由紀子還小的時候，坂口昌志曾經寄住在平尾家幾個月。那是他出獄還不到半年的時候。

後來才聽說他原本是在供住宿的食堂工作；那家食堂收掉之後，他無處可去，所以輾轉來到平尾家。他在幼稚園入學典禮結束後出現，直到泳池開放的時期已經離開，所以大約停留了三個月。

叔叔幾乎不與任何人說話，白天時間通常也不待在家裡。他會出門做些計日的零工或去找工作，三餐也多半在外面吃。

他偶而會去附近的超市或投幣式洗衣店，不過他的言行舉止似乎成了鄰居的八卦話題。由紀子經常看到母親被附近大人們包圍著問問題。

由紀子在院子裡玩耍時，鄰居的家庭主婦也曾經過來深入追問叔叔的事情。母親大概是經常接到鄰居的抗議吧。由紀子也看過父母趁著叔叔外出期間小聲交談的模樣。

在這種緊繃的氣氛下，所有人都過得很彆扭。

由紀子盡可能地躲避叔叔。叔叔經過兒童房前面去陽台抽菸時，她會關著門等待他通過。叔叔宛如有著人類外型的巨大影子，他的存在令人感到不舒服。

「叔叔要在我們家待多久？」

由紀子也曾經因為受不了而開口問過母親。

「再忍耐一陣子。」

母親只是以一如往常的端莊賢淑語氣，無奈地重複著同樣的答案。

由紀子不記得叔叔離開的確切日期；就像原本住在屋簷下的流浪貓突然消失般，等到發現時已不見影蹤。父母沒有解釋，由紀子也沒問。很久很久之後才知道他經由親戚介紹前往橫濱的倉庫公司工作，所以搬去了逗子。總之原本侵入自己家裡的影子消失，由紀子拍拍胸口鬆了一口氣。

後來叔叔不曾出現在平尾家。除了過年會收到他用心但字跡難看的賀年卡之外，不曾再看到或聽到坂口昌志的名字。

最近一次見到坂口昌志是在小學四年級的時候。住在船橋的大伯母過世，他現身在喪禮守夜的場合。替他介紹工作的親戚似乎就是這位大伯母，所以他風塵僕僕來到千葉縣。

他坐在親戚座位區的最角落，沒有人坐在他旁邊。一方面也是身高的關係，他在眾人之中顯得十分醒目。當時叔叔應該已經是三十出頭，不過他的樣子看來遠比實際年齡更老。

儀式結束後，叔叔正打算離開。叫叔叔到接待區坐坐的人是父親。

「好久不見，我們聊一下吧。」

附近的大人們議論紛紛，儘管如此也沒有人敢當著叔叔的面叫他拒絕。蹙著眉頭一臉困擾的母親也沒有開口阻止。

除了父親之外，沒有人與待在長桌角落的叔叔說話。叔叔的身形與父親差不多，不過身上的氛圍明顯不同。由紀子看到父親招手，不情願地走近兩人。

「跟叔叔打招呼。」

被這樣一說，由紀子微微行禮，發出很小的聲音說：

「叔叔好。」

她的身高正好與坐在椅子上的叔叔等高，所以兩人的視線對上了。有傷疤的眼角瞇起。

「好久不見。妳長大了呢。」

沒想到會聽到這麼大方的問候，由紀子不知所措；他的態度就像在面對從很久以前就喜歡的姪女。由紀子覺得不舒服，連忙回到媽媽和叔母等人身邊。「妳看起來怪怪的，還好嗎？」大家都在擔心由紀子。

那一晚，坂口昌志留在平尾家過夜；因為父親體貼叔叔這麼晚要回去神奈川縣不方便。那或許是他還想和叔叔多聊聊的藉口。兄弟兩人在平常吃飯的客廳裡喝酒。

叔叔從頭到尾只負責聽，相反地，父親則是一直在說話。他說起自己在學校為學生們做的事、接下來打算做的事——我還是第一次看到父親這麼多話。

他講得沾沾自喜，也有點像是在與對方撒嬌；或許父親從年輕時就很希望有更多機會見見叔叔——假如這一夜什麼事也沒發生的話，兄弟兩人應該會開始頻繁往來。

「找到好對象的話，你也應該要有自己的家庭。」

夜深時，父親對叔叔聊起這個話題。

由紀子正好在隔壁廚房幫忙母親收拾。母女兩人忍不住面面相覷。很難想像叔叔結婚的樣子。看到母親一臉吃到澀柿子般的古怪表情，由紀子拚命忍住笑。

「結婚、有了孩子之後，每個男人都會變。背負身為一家之主的責任，才會變成一個有擔當的男人。」

十足是父親那一輩的想法。由紀子當時不覺得不可思議，聽到這些話只覺得是在說很難的事情而已。

直到自己成為大人的現在，她才知道也有承擔不了那種責任的男人；由紀子是因為丈夫外遇而離婚，也沒有拿到太多孩子的教養費。她回到習志野的老家與父母同住，才能勉強養得起孩子。

分手的丈夫不是冷漠的人；雖然個性軟弱，相處起來倒也很舒服，屬於容易盲從的類型。他因為到了適婚的年齡，所以與當時交往的由紀子結婚。有了家庭之後，自然而然也就想要有孩子，也隨波逐流地與其他女人搞外遇。他離婚時哭著答應會繼續支付孩子們的教養費，結果很快就找不到人了。

由紀子不知道叔叔當時是如何解讀父親單方面的婚姻觀念。那個時候他應該還沒認識後來的結婚對象。叔叔只回答：

「……如果能夠成真就好了。」

彷彿事不關己。

當晚，由紀子始終睡不著。一想到叔叔同在一個屋簷下，她就無法冷靜下來。在床

北原白秋、與田準一編著《枳花　北原白秋童謠集》（新潮文庫）

上輾轉反側好幾次，到了三更半夜時終於進入夢鄉。

由紀子做了一個夢。

她夢見自己傍晚待在家裡，一道有著人類外型的黑影潛入家中，似乎在找尋自己。由紀子一邊喊著爸媽一邊逃跑，卻沒有人出面搭救。清晰的腳步聲逐漸靠近。最後她衝進兒童房蜷縮在角落。終於，一隻冰冷大手碰上由紀子的肩膀——

此時她睜開眼睛。由紀子在一片漆黑的兒童房床上朝著牆壁把身子縮得小小。

她突然注意到房間裡飄著一股異味。那是酒與香菸的味道。一隻大手遲疑地隔著毯子攀上她的肩膀。

（房裡有人。）

她鼓起勇氣轉頭一看，一個巨大的黑色人影就在面前，粗重的氣息很顯然就在耳邊。

由紀子心想自己八成是尖叫了。

等她回過神來，房間的燈已經打開，自己被母親牢牢抱在懷裡。穿著睡衣的父親和叔叔在日光燈正下方面對面。

父親追問：「你在這裡做什麼？」由紀子這才明白進入房間碰自己的人是叔叔。她顫抖著身子淚水一湧而上。

「我睡不著，去陽台抽菸……回房時經過這個房間，聽到由紀子的聲音。」

叔叔鐵青著臉，平靜解釋著。由紀子聽他直呼自己的名字，不曉得為什麼覺得毛骨悚然。

「我聽見她在呻吟很擔心，所以開門進來看看她怎麼了。」

由紀子也聽得出他想要解釋清楚前因後果，但是因為聽起來像在朗讀早已準備好的小抄，所以反而感覺很假。

「你為什麼未經許可就進入女孩子的房間？如果覺得她的情況不對勁、值得擔心，不是應該先來叫醒我們嗎？為什麼要碰這個孩子的身體？」

叔叔首度答不上話來，看來就像是做了什麼虧心事，所以無法為自己的行為辯駁；儘管如此他仍打定主意要解釋清楚，正要開口，母親的大喊響徹整個房內：

「請你離開！再也別和我們家有任何牽扯！」

從那一晚之後，平尾家與坂口昌志斷絕了一切關係。

父母——尤其是母親現在仍然堅信叔叔當時是想要侵犯由紀子。由紀子雖然沒有反

北原白秋、與田準一編著《枳花　北原白秋童謠集》（新潮文庫）

對母親的想法，不過她多少覺得不太對勁。

她不是相信叔叔是好人，畢竟他曾經犯過罪、坐過牢；但叔叔犯的錯是搶銀行，不是侵犯兒童。

萬一他真有那方面的性癖好，也不至於選在那種時候偷偷潛入由紀子的房間吧？因為由紀子父母的寢室就在兒童房隔壁，一旦弄出很大的動靜，立刻就會被察覺。事實上父母親就是聽到由紀子的尖叫而趕過來；叔叔應該也清楚他們有在防著自己。

不過後來聽到四十幾歲的叔叔結婚，由紀子就不再這麼想了。聽說他的對象是二十歲左右的年輕女性。由此可知他的確一直有把比自己年紀小的年輕女性視為異性看待。

總之，唯一可以確定的是他三更半夜未經同意就進入姪女房間，這行為無可辯解。不過畢竟已經是幾十年前的事情，由紀子也沒有因此留下深刻的心靈創傷——如果能夠不見面就好了。由紀子早把坂口昌志當成不存在於這個世界上的人。

如果沒有這次的事，原本可以一直當成是這樣。

走出逗子車站的驗票口時，離約好的時間還很早。

逗子與充滿觀光客的熱鬧鎌倉不同，連車站附近都像是安靜的住宅區。叔叔他們住的公寓不是靠近海邊，而是靠近綠意盎然的山邊。由紀子快步走上緩坡。或許是時段的緣故，她沒有遇見半個人，因此感到不安。這裡的家家戶戶日照良好，院子裡的樹木高大茂盛，似乎很適合居住。

她是第一次來逗子；原本以為會稍微迷路，不過她還是循著記事本裡的地址輕鬆找到了目的地。

那是尋常的老舊木造公寓。砂漿裂縫處有補過的痕跡，鐵製欄杆和樓梯也重新上過漆。似乎有人在好好管理維護。

坂口一家就住在一樓的最後一間。

比約定時間早到雖然沒禮貌，不過由紀子不想把這種體貼心思浪費在那位叔叔身上。她很想乾脆連家裡也別進去，在門口把生孩子的賀禮交給對方就閃人。

這麼決定之後，她按下古早的圓形電鈴。沒有回應。出門了嗎？再按一次試試。屋裡突然有輕盈的腳步聲靠近，家門猛然被打開。

「妳好！歡迎歡迎！」

出現一位小個子的圓臉女子。她一定是坂口的妻子。與其說是年輕，不如說是娃娃臉所以顯得年輕，不過有些下垂的眼角長著符合她年紀的魚尾紋。可以確定她與由紀子年齡相仿。白色內搭外面是V領純棉毛衣和牛仔褲——這一身看來都是UNIQLO的商品。她給人的印象比想像中更樸實無華。

「妳就是由紀子小姐？妳好，我是坂口忍！」

忍深深鞠躬又刷地瞬間站直，眉毛皺成了不可思議的八字形。這突如其來的變化，惹得由紀子差點笑出來。

「對不起！小昌，不對，我老公他現在不在家。因為家裡沒有配茶的點心，他跑去鎌倉的蛋糕店買，看來似乎比想像中還花時間。他剛剛有傳簡訊說會盡快趕回來……哎呀！」

忍連珠砲似地說個沒完，由紀子連插嘴的機會都沒有。這時忍原本圓滾滾的眼睛突然睜得更大，視線在兩人之間來來去去。

「……妳不覺得我們的打扮很像嗎？」

居然會直接說出口，由紀子心想。由紀子的打扮和忍差不多，兩人的差別只在於有沒有穿外套而已。

要顧小孩的母親本來就沒什麼時間和金錢用來挑選衣服。她也經常在托兒所或超市遇到其他帶著孩子、打扮相仿的媽媽，只是沒想到忍會直接開口提這件事。

「啊，這不是什麼值得高興的事，對吧。不好意思，我老是太多嘴。」

此時傳來嬰兒的哭聲。聽那強有力的聲音，大概是男孩。

「又哭了。總之，妳先請進請進，進來坐吧。」

忍跑向屋內。門外的由紀子不得已只好脫了鞋子。從門打開之後，她一句話也沒機會說。之前聽說忍是在小酒館工作的媽媽桑，不過像她這麼不聽人說話的媽媽桑，沒問題嗎？

一進門來到的是飯廳和廚房。

由紀子進入當作客廳的和室。裡頭不可能擺放昂貴的家具，不過到處都整理得清爽乾淨，榻榻米上連一根頭髮也找不到。大概是為了由紀子的來訪徹底打掃了一番。為了款待客人做到這種程度想必很辛苦吧。

坐在客人專用的座墊上，由紀子突然看向牆邊的矮書櫃。儘管數量不多，那兒塞著各式種類的書。

有食譜、家庭醫學實用書，裡頭夾雜著《邏輯學入門》這種看似困難的舊文庫本，還有《車布與他的朋友們》這種童書。也陳列著《蓬鬆蓬鬆蓬鬆》、《水果》這類繪本；由紀子也曾經唸這些繪本給孩子們聽過。這些一定是最近為了兒子買的，或是別人送的。

但是卻沒看到任何一本北原白秋的書。至少可以確定《枳花》似乎不是叔叔平常的愛書。

（送書的行為有什麼意義。）

腦海浮現文現里亞古書堂店員說的這句話。由紀子現在拿出帶來的《枳花》的話，能夠傳達給叔叔什麼訊息呢？

（……咦？）

由紀子把上半身伸向書櫃。書脊前面放著些東西——那是手掌大小的迷你望遠鏡，以及鏡片很大的太陽眼鏡。似乎是叔叔的物品，形狀很奇怪。

「讓妳久等了，真是不好意思。這孩子非得有人抱才行。」

忍抱著身穿藍色嬰兒服的寶寶回來。他有張與母親相似的胖嘟嘟圓臉和一雙大眼睛；小舌頭動來動去，不可思議地仰望著由紀子。

「欸，好可愛……你好啊。」

由紀子不是在說客套話，最近她莫名覺得別人家的嬰兒都好可愛。自己的小孩當然也很寶貝。她覺得只要是小孩都很可愛。

可是孩子剛生下來那段時間天天忙著照顧，根本沒有閒工夫去注意孩子的舉動或長相等。她心裡某個角落隱約想著，自己的孩子們應該也曾經這麼可愛過。這種可愛無法用照片或影片傳達。

「現在幾個月大了？」

「再過不久就滿四個月了。他最近終於能夠抬起脖子……啊，我先去泡茶。沒有茶點真的很不好意思。」

忍抱著寶寶，一手撐著榻榻米準備起身。那個樣子看來很難行動。

由紀子很驚訝自己居然主動開口，原本直到剛才她還沒有打算久留；看到母親和寶寶之後，她不自覺就想起過去的自己和孩子們。

「如果可以的話，給我抱吧。」

「那麼，可以稍微麻煩妳一下嗎？不過這孩子很重噢。」

由紀子接過寶寶抱在腿上。溫暖結實的觸感很舒服。由紀子不覺得重，反而因為比想像中輕而驚訝。忍接下來也將經歷孩子逐漸成長的過程吧，就像由紀子過去所經歷的。

這個寶寶是由紀子年齡相差甚遠的堂弟。出生四個月的堂弟手舞足蹈著，不知道在開心什麼。

他看向掃出窗。窗外有簷廊和小院子，帶刺的細樹枝搖曳著。照理說這年紀的嬰兒還無法看清楚事物，不過或許能夠辨別顏色。樹枝上長著鮮豔的金色果實。

那是枳。

枳樹也在秋天結果。

圓滾滾、圓滾滾的金珠。

在枳樹旁歡笑吧。

大家、大家都很溫柔。

由紀子的唇邊不自覺地唱出細細的歌聲。那是父親唱給她聽的《枳花》的後續內容。小手突然緊握住由紀子的手。大概是很喜歡童謠吧，他露出微笑的表情。由紀子也跟著笑了起來。

這個孩子受到很好的照顧，生長在充滿愛的環境中。叔叔似乎在這間屋子裡與妻子

第一話
北原白秋、與田準一編著《枳花　北原白秋童謠集》（新潮文庫）

過著安穩的生活。

忍在廚房裡背對客廳準備茶。不僅要照顧年幼的兒子，也很用心接待丈夫的客人。這樣的她，對於坂口昌志這個人究竟了解多少呢？

忍端出擺著紅茶壺和杯子的端盤回來。

「讓妳久等了。欸，孩子的心情很好呢……謝謝妳幫忙。」

忍倒了紅茶給由紀子，彬彬有禮地道謝之後接過兒子。

「您的父親情況如何？還在住院嗎？」

「是的。所幸沒有生命危險……」

由紀子一邊說明大致的病況，一邊感到尷尬；畢竟拒絕叔叔探病要求的是他們。原本隨聲附和的忍或許是察覺到由紀子的內心想法，在姑且聽完情況之後換了個話題。

「妳也有小孩吧？」

「是的。兩個大的正在唸小學。最小的也已經上托兒所了。」

老大是男生，底下兩個是女生。離婚時，老三還沒有出生。或許是身心俱疲的緣故，她對當時的情況不太有印象。

「那麼，妳就是我的大前輩了。照顧三個孩子很辛苦吧。我只有這一個孩子都已經要叫救命了。」

忍似乎真的由衷佩服。如果是其他人這麼說，由紀子一定會覺得反感。因為忍的態度始終開朗，所以她一開始沒發現，不過當兩人在明亮的屋子裡面對面之後，她才注意到忍的臉色很差，眼睛四周也有淺淺的黑眼圈。

大概是為了照顧孩子沒怎麼睡吧。這麼說來剛才按電鈴的時候，她也沒有立即開門。也許是打掃完家裡或備妥了茶之後正在打瞌睡。

「不是只有我一個人照顧他們。在我最艱難的時期有父母幫忙……我已經離婚搬回娘家了。」

聽到離婚，忍也沒有表現得很驚訝。大概是已經聽叔叔提過了。

「在那種狀況下離婚更辛苦。儘管有父母親的幫忙，妳還得一邊工作吧？那些……不是一般人可以承受的。」

忍的臉上一瞬間露出陰鬱的表情。叔叔應該已經退休了，接下來要負責賺錢支撐家計的，就是這個人了。

「妳和叔叔結婚很久了吧？」

忍抬眼，嘴裡喃喃說著數字。

「好像已經快要二十年了……是我強迫他跟我結婚的。那個人不管我提過多少次，他始終無法下定決心，總是露出這種臉——」

忍突然緊抿嘴唇，瞇起眼睛。那模樣比想像中更像由紀子記憶中的叔叔。

「他說：『我年紀大又沒有太多收入，即使和妳結婚，今後也無法背負身為一家之主的責任。』我到現在仍然記得很清楚。」

由紀子一陣怔忡。那就是叔叔最後一次到習志野家裡那天，父親提過的那番話。沒想到叔叔還記得那些話，而且一字不差。

「欸，上了年紀的大叔就是會認真思考那方面的事情吧。不過我告訴他，責任這種東西，不需要一個人獨自背也沒關係啊；在一起的兩個人各自做各自能夠做的，這樣就好。家人不就是這麼一回事嗎？」

由紀子的腦海中突然掠過離婚前夫的手。那隻以男人來說太細太小的手，卻出乎意料地靈活。比起臉，她對那隻手的印象更深刻。

生了第一胎之後，丈夫就以一家之主身分專心工作，由紀子則專心帶孩子。假如不讓丈夫一個人背負賺錢養家的責任，由紀子安排更多時間外出工作的話，那隻靈巧的手會不會更有活力地幫忙照顧孩子和做家事呢？

不，不一定會這樣。照顧小孩和做家事也伴隨著責任。以丈夫容易盲從的個性來說，他很有可能逃避這些責任。

「我丈夫他因為現在沒在上班，所以幫我做了很多家事，例如：照顧小孩、打掃、洗衣服……哄孩子睡覺、幫孩子洗澡甚至都比我做得好。欸，不過他也有很難做到的事，畢竟他的這裡不好。」

忍指著自己的雙眼。由紀子的心情很複雜。坂口昌志似乎比自己的前夫更有心要盡到自己的責任——由紀子突然抬起頭。有件事情差點聽漏了。

「叔叔他……眼睛不好嗎？」

忍張著嘴愣了一下，而且好一陣子維持這個姿勢不動，後來才明白是怎麼一回事。

「啊，對噢，你們一直沒來往，所以妳不知道。他的視力大概是去年開始衰退。他的右眼有傷，妳知道吧？而且雖然不醒目，不過左眼也同樣受過傷，到了最近才出現後遺症……啊，聽說那個傷是他搶銀行被捕時飛車追撞造成的。」

抱著孩子的母親滿不在乎地說出搶銀行這個字眼，感覺很不可思議。如果是這樣，書櫃上的太陽眼鏡和望遠鏡，一定就是視力輔助工具了。

「這樣啊……」

她連一句「想必你們過得很辛苦吧」這類安慰話都說不出口。畢竟受傷的原因是因為犯罪。

兩人不知不覺失去了繼續聊下去的話題。由紀子喝下一口紅茶。她的視線突然轉向窗外搖曳的枳樹果實。

「院子裡的枳樹長得很大吧。」

忍說。

「那樹是我們剛搬到這裡時，我家那口子種的。我本來覺得既然要種樹，應該種果實能吃的比較好，不過……不是有一首歌這樣唱嗎？『枳樹開花了。』我丈夫他似乎從以前就很喜歡這首歌。」

忍的歌聲好聽到令人驚豔。由紀子突然覺得進入正題了。父親送這本書果然有什麼意義在。

「叔叔也看北原白秋的童謠集嗎？就是寫《枳花》的那位……」

「……北原白秋啊。」

忍在嘴裡咀嚼這個名字。

「我知道他很有名。和我一塊兒生活之後，我不記得有看他讀過。過去的情況我不清楚，不過童謠集……為什麼問這個？」

由紀子不確定應不應該說，不過父親也沒有交代不能說，她也想不到有什麼理由必須隱瞞叔叔的妻子。

「家父有東西要我轉交。」

她先從包包拿出紅包袋遞給忍。

「現在才拿出來真是抱歉。恭喜你們一舉得子。」

「欸，何必這麼客氣還特地送禮。」忍惶恐地頻頻鞠躬道謝，似乎真的很感謝，眼角都滲出淚水了。由紀子接著拿出從文現里亞古書堂那兒收下的禮物包裝。接下來將進入正題。

「父親還希望我把一個東西交給叔叔，就是北原白秋這本《枳花》童謠集……」

忍不解偏頭，似乎沒有聯想到什麼。

「我很好奇家父為什麼要送這本書給叔叔。妳有沒有什麼頭緒？」

「我跟書不熟。直接問我家那口子應該能夠知道答案，不過……那是您父親的書嗎？」

「不是。家父手邊也沒有這本書。這是我剛才在北鎌倉一家叫文現里亞古書堂的舊書店買的……」

對方的表情瞬間開朗。看樣子彼此認識這件事是真的。

「是栞子小姐的店吧。我們和那家舊書店的人很熟。那裡有一位年輕的女店長，對吧？那個人是篠川栞子小姐。人有點怪，不過只要跟書有關的事，全部都知道。」

那位戴眼鏡的女店員似乎就是書店經營者。的確是怪人一個；態度畏畏縮縮的，可是一講到書就會變得異常饒舌；對於由紀子跑錯棚的問題也不覺驚訝，照樣回答。

「為什麼還在文現里亞古書堂購買呢？」

「因為那家店在我來這裡的路上，剛好順路……那位名叫篠川的小姐也跟我提過她跟你們兩位熟識。」

「妳們應該聊了很多吧。關於這本書，栞子小姐有說什麼嗎？」

忍向前探出身子，似乎認為那位店長所說的話很重要。

「這個嘛……她說比起這本書本身，或許是送書的行為有什麼意義。」

兩人陷入一陣沉默。忍似乎在沉思什麼，不過最後還是宛如從水裡探出頭般大大吐了一口氣。

「對不起，那個什麼……送書的行為？我不懂那句話是什麼意思……」

由紀子含糊點點頭。老實說她也不是很懂。

「可是我也很好奇送那本書的原因。對了，可以讓我看看書的內容嗎？」

「什麼？」

由紀子驚呼。讓這個人打開要送給叔叔的書，這樣好嗎？

「我想小昌……我丈夫不會介意這種小事。那個人想看書的時候，都是我唸給他聽。結果書還是我看。」

身為旁人無話可說。由紀子默默把包裝好的文庫本遞過去。忍盡量不發出聲音，小心翼翼拆開包裝。

「我和丈夫結婚時，有告訴過對方彼此家裡的情況。」

忍沒有抬起視線，繼續說：

「他的媽媽和你們爺爺離婚之後就過世了。後來他被交給遠親照顧，似乎吃了不少苦……雖然聽說他有個很久沒見面的哥哥，不過他沒提過細節，我也沒問。那個時候我和娘家也處得不好，所以覺得遇到同病相憐的人很好。」

寶寶的眼睛跟著母親的手移動。大概是睏了吧，他的眼皮現在像是快合上了。

「他不再和你們家來往的原因，我最近才知道，也覺得莫可奈何。不管他瀆了多少罪，你們也不想和這樣的人來往吧。有親戚做出那麼可惡的事，一定也給你們帶來許多困擾。可是他絕不是壞人；雖然長相可怕，不過為人很溫柔。即使從小吃過很多苦、過得很悲慘淒涼，他也一直藏在心裡不告訴任何人……」

由紀子心裡覺得焦慮。這個人真的愛著叔叔，而且不知道叔叔與平尾家斷絕往來的原因，是因為他三更半夜闖入姪女的寢室。

假如告訴她真相的話，這個安穩的生活一定會被破壞。或許就會因此多一個和自己一樣抱著稚兒茫然失措的女人。

「好乾淨的書。」

她刷刷翻過包裝已經拆開的文庫本。

「啊，我知道這首《搖籃曲》。前一陣子電視上介紹過。」

金絲雀在唱著，
搖籃曲啊。
睡吧睡吧，睡吧睡吧，
睡吧睡吧。

聽著母親空靈的歌聲，腿上的寶寶睡著了。由紀子始終目不轉睛盯著忍的側臉。如果兩家今後恢復往來的話，這個人總有一天會知道真相。

如果是那樣，倒不如由當事人自己先告訴她，她受到的傷害也會比較小。

反正已經是很久以前的事了，事到如今由紀子也沒有要求叔叔道歉或賠罪。必須趁現在把那件事告訴這個人——

「……奇怪。」

由紀子因為忍的聲音嚇了一跳。忍正不解地偏著頭。

「怎麼了？」

「妳看這裡。」

她把攤開的書頁拿給由紀子看。由紀子探出身子湊近一看，發現是寫著《枳花》歌詞那一頁。

在枳樹旁哭泣。

大家大家都很溫柔。

北原白秋、與田準一編著《枳花　北原白秋童謠集》（新潮文庫）

「這和我知道的歌詞不一樣。原來不是『在枳樹旁歡笑』啊。」

「咦？真的嗎？」

由紀子驚訝睜大雙眼。

「我也是從小就唱『在枳樹旁歡笑』。」

仔細一想，自己從來沒有確認過正版的歌詞，一直都是照著以前聽父親唱的歌詞唱給孩子們聽。忍拿出自己的智慧型手機上網搜尋，最後抬起頭。

「……這本書果然是正確的。」

喜歡北原白秋的父親不可能犯這種錯。既然如此，由紀子是在哪裡記住錯誤歌詞的呢？

「可是，為什麼我們會記錯同一個地方？」

這點最奇怪。這歌詞也不太容易弄錯。由紀子認為不是偶然。可能的答案就是——錯誤的歌詞都是同一個人所教。

由紀子突然想到了什麼。

「忍小姐。」

由紀子第一次喊了對方的名字。

「這首歌是誰教妳的？」

「不是有人教我……是我經常聽到我家那口子在唱，所以就記住了歌詞。」

答案果然不出所料。由紀子好不容易才能夠克制住自己的震驚。

為什麼這麼簡單的事情直到現在才發現呢？

坂口昌志回到公寓時，是在三十分鐘之後。

除了皺紋明顯增加、頭上攙雜著白髮之外，他與由紀子記憶中的叔叔幾乎沒兩樣。雖然沒繫領帶，不過他身穿尖領白襯衫，外套的鈕扣也是一個不漏地扣上。若不是他一隻手上提著蛋糕盒，還以為他是出差正投宿旅館的公務員或銀行員。

來到玄關迎接的人是由紀子。看到出現的人不是妻子，叔叔似乎很驚訝，太陽眼鏡後側的雙眼大睜。

「疏於聯絡……」

由紀子以食指阻止他制式的問候。

「忍小姐和寶寶在裡面的房間睡覺。」

忍把兒子抱到嬰兒專用的睡鋪上就再也沒有回來。由紀子前去看看情況，發現她靠著兒子靜靜打鼾；似乎是想要哄兒子睡覺，哄著哄著就耐不住睡意。

感到不好意思的叔叔想要叫起妻子，由紀子連忙阻止。由紀子最清楚母親照顧這個月齡的孩子會有多累。

把蛋糕盒放進冰箱裡，由紀子與叔叔一起來到簷廊。成熟的枳散發著清爽的香氣。叔叔與由紀子拉開一點距離，挺直背脊端正跪坐著。

「有勞妳大老遠跑這一趟。」

他朝比自己年輕的姪女深深鞠躬。問到父親的病況，由紀子大致說明之後，接著傳達了對他們生了孩子的賀詞，並送上《枳花》的文庫本。

「這是家父要我轉交給您的。」

叔叔從上衣內袋拿出方形的大型放大鏡，對著書封一下子貼近又拉遠，花了很長一段時間才終於看懂書名。

「這本是《枳花》……嗎？」

「是北原白秋的童謠集。您讀過這本書嗎？」

「沒有，這是第一次。北原白秋……我只知道幾首歌。」

說到這裡，他靜靜搖頭。由紀子也早就料到是這樣。

父親不曉得叔叔眼睛不好；他的用意恐怕是為了讓叔叔閱讀《枳花》的歌詞，而且朗誦的時候由紀子必須在場。所以他要由紀子買下這本書，特地跑一趟逗子與叔叔見面。

父親要告訴叔叔的是——希望你告訴由紀子關於這首童謠，以及一切事情的真相。就算不是這本書也無所謂，只要書名是《枳花》而且書裡有這首歌詞即可。

父親無法直接告訴由紀子真相，或許是因為他現在沒辦法口述複雜的事情吧。而且醫院有母親在。

「我一直記成錯的歌詞，我記得的是『在枳樹旁歡笑』。可是真正的歌詞卻是『在枳樹旁哭泣』。我一直以為唱這首童謠給我聽的人是父親。那個時候我剛上幼稚園，在兒童房睡不著，我以為是他來哄我睡覺……可是，事實上不是如此。」

由紀子說到這裡停住。叔叔默不作聲等著她繼續說下去。

「來兒童房裡的人一直都是叔叔，不是我父親吧。」

去陽台抽菸時，叔叔會路過兒童房前面。聽到姪女的哭聲，進去看看怎麼回事也很合理。父親和叔叔的年齡雖然有差距，不過體型和聲音十分相似。年幼的由紀子在黑暗中也分辨不出來。

叔叔突然轉頭面向枳樹。視線沒有對準金色果實，似乎是因為無法看清楚。

「我沒有打算要偽裝成大哥。」

叔父以低沉的嗓音喃喃說。他的用詞和聲音都不再僵硬，就像原本的叔叔突然出現了。

「妳誤以為我是妳父親，我只是覺得不要揭穿比較好。如果讓妳知道那個人是我，只怕會嚇壞妳……欸，不僅如此，聽見妳喊我爸爸，我也真的很開心。我原本以為這輩子都不會有人這樣叫我了……騙了妳，真的很抱歉。」叔叔低頭道歉。沒有揭穿真相的原因應該還有一個；若坦承自己的真正身份，也等於是在告訴她——她的父親沒有來關心女兒的情況，只是每晚待在書房裡辦公而已。

「你是因為家父喜歡北原白秋，所以憑著模糊的記憶唱這首童謠給我聽吧。」

「我的確是配合大哥的喜好，不過我不是背錯了歌詞。我知道真正的歌詞。」

「是嗎？」

叔叔點頭。

「我曾經向大哥借過其他童謠集，不是這一本。」

由紀子的腦海浮現叔叔在陽台看書的模樣。他當時在看的或許就是那本書。

「當時我不喜歡歌詞裡的『哭泣』這個字……所以自行改成了其他內容。而這句改過的歌詞也在不知不覺中留在我心中。換掉歌詞原本只是我個人的因素，沒想到會有其他人記住。」

叔叔的唇邊流露苦笑。由討厭哭泣一詞可知，他一定曾經被逼到走投無路吧。

叔叔失去了工作也失去了住處，顛沛流離下好不容易來到由紀子他們家。

回顧那個時候，有好幾個不可思議的情況。為什麼缺錢的叔叔經常外食呢？為什麼衣服不交給媽媽，反而使用投幣式洗衣店呢？

大伯母喪禮守夜那天，聽到父親聊起婚姻的話題時，母親板著臉的表情——她嘴上雖然還開著玩笑，卻是充滿惡意的話語。母親是不是在大家同住期間，曾經在看不到的地方與叔叔發生過什麼事了？

「我雖然擅自改歌詞，不過我認為『哭泣』這句歌詞很美。明明在哭，『大家大家都很溫柔』……我認為一定是因為接觸到某個人的溫柔，所以大家都很溫柔，我是這樣解讀。

對我來說，最溫柔的就是和晴大哥。他一直對我很好。」

「我爸？」

由紀子忍不住再次確認。叔叔點頭。

「他讓走投無路的我暫時棲身在自己家裡。開口希望船橋的伯母幫忙介紹工作給我的人也是大哥。告訴我應該成家的人也不是別人……我片刻都沒有忘記他說過的話。」

自己弟弟被冠上莫須有的罪名但父親卻沒有插手；因為他一直都知道是弟弟在哄由紀子睡覺，所以應該也明白他那一夜進入兒童房並無惡意。但是就算別人說弟弟不好，他也沒有反駁；明明在夜裡安撫著哭泣女兒的是弟弟，他卻假裝是自己。

叔叔一定也很清楚，卻決定只在心中留下感謝，還說大家都很溫柔。

「我把兒子取名為直晴，直角的直，晴天的晴……是從大哥的名字取了一個字。」

叔叔從剛才就像在透過由紀子與自己的哥哥對話，卻沒有開口希望由紀子代為傳達；大概是不敢期待曾經切斷的緣份能夠再度連接起來吧。即使問起過去的事情，叔叔恐怕也不會告訴她太多。今天也是，若不是由紀子自己發現，叔叔恐怕也不會主動揭曉真相。

與父親不同，母親完全不想與叔叔再有任何牽扯。母親也有母親的痛苦與煩惱，對叔叔的敵意，或許也有母親自己的理由，只是由紀子不懂罷了。

如果硬是要強迫他們恢復往來，一定會有人受傷。就像枳也有綠色的刺。
不過也沒有必要堅持維持現狀。
（就由我和忍小姐先彼此保持聯絡吧。）
由紀子在心中做出決定。忍一定也會贊成她的意見。等到直晴稍微大一點之後，也讓雙方的孩子見見面。就從這一步開始吧。期待能夠慢慢建立與現在不同的關係。
總有一天，枳會開出白花。
總有一天，結出金色果實的季節將會到來。

第一話
北原白秋、與田準一編著《枳花　北原白秋童謠集》（新潮文庫）

＊

「……大致上就是這樣的故事。」

說完之後，栞子等著女兒的反應。扉子翻到《枳花》文庫本的背面，檢查書封內側和封底。兩人一如往常地坐在文現里亞古書堂的櫃台旁邊。

「妳覺得怎樣？」

「……不太有趣。聽不太懂。」

扉子連臉都沒有抬起來就回答。也是——栞子在心裡同意。她也覺得自己講得很失敗。沒想到不能告訴孩子的部份比想像中還要多，連坂口昌志的前科也不能提到，像本全都是隱字的書，所以已經算不上是與這本書有關的故事。

「總之，故事到這裡就說完了。」

栞子勉強收尾之後起身，把女兒手裡的《枳花》放到櫃台上。栞子回到主屋往玄關走，就聽見扉子快步靠近的腳步聲。

「所以爸爸的書呢？接下來要找哪邊？」

栞子板起臉。她正在找大輔那本藍色皮革書衣的書。她原本的用意是想利用其他書的故事誘使女兒忘記找書這件事，沒想到卻失敗了。

「不在書店裡，所以妳找了其他地方吧。既然妳走到這裡，是打算去停車場那輛店裡的車上看看嗎？」

扉子的聲音充滿雀躍。被說中了。這個對手愈來愈難纏了。栞子在玄關處轉過身，無奈地點頭。

「……對。」

昨天，原本在書店櫃台的丈夫，曾經把藍色皮革書衣的書放進圍裙左邊口袋。因為有委託收購的客人出現，他必須接待客人。

客人帶來大量舊雜誌，大半都是過期的一九八〇年代次文化雜誌。文現里亞古書堂雖然沒有經手這個領域，不過帶去舊書交易市場的話，可以賣到不錯的價格。

話雖如此，還是需要找地方保管，所以收購之後會送去「大船」。「大船」當然是指鄰近北鎌倉的地區，不過在這種場合則是指大輔位在大船的老家。過去五浦家經營的五浦食堂現在被當成舊書倉庫使用。

栞子不願意把大輔的外婆最珍惜的食堂舊址稱為倉庫，因此一直以含糊的說法稱

「大船」或「大船那裡」，不過大輔倒是不以為意，直接稱「大船的倉庫」或「老家的置物間」。

為了把商品送到自己的老家去，大輔出動廂型車。從書店出發時，他穿著圓領毛衣，外面還套著圍裙，不過回來時只剩下一件T恤。

大概是搬運大量雜誌的費力工作使他流汗，他脫掉了毛衣和圍裙吧。大輔經常這樣忘了上衣和圍裙。

栞子穿著拖鞋走出主屋，走向停車場的白色廂型車。不出所料，副駕駛座上有揉成一團的素色圍裙和毛衣。

「找到爸爸的書大人了嗎？」

扉子蹦蹦跳起，想要看看車內。栞子默默打開車門。一股凝滯的溫暖空氣從車裡飄散出來。

她找了找圍裙的口袋，只找到原子筆、計算機和美工刀等工作用的工具，到處都沒找到那本書。

「能夠放進那個口袋，代表是很小的書吧。是文庫本嗎？」

女兒的見解相當犀利。她在找的書的確是文庫本。

「是嗎？」

栞子面無表情地回答。自己小時候也像這樣讓父母親很頭痛嗎？如果是栞子的母親智惠子的話，想必會覺得這種一來一往很有意思吧。

「好了，我們來找找吧。」

栞子手扠腰。老實說她也開始覺得找書很有趣了。

「我也要找、我也要找！」

扉子高聲喊。兩人進入廂型車。

置物箱和手套箱裡都沒有書。也沒有掉進座位的縫隙。後行李廂也檢查了一遍，果然還是沒有找到。栞子暫且離開車子沉思。

（八成是在店裡的櫃台……不對，可能在倉庫。）

大輔在電話上是這麼說。如果真是這樣，書很有可能是忘在大船的老家。這麼說來，他只是搬貨過去，卻花了比平常更久的時間，可能是趁著工作空檔在看那本書——

「啊！」

栞子聽到扉子的聲音，回頭看向後行李廂，只見放在角落的雜誌堆散亂成一片。似乎是女兒誤把打包的繩子解開了。《電玩通》雜誌——那是以前的家用遊樂器雜誌，封面上寫著「創刊號噢！」的紅字。還有其他許多同樣時代的電玩攻略本。

「我們店裡也收購電玩的書嗎？」

「是啊。」

栞子將雜誌重新綁回原本的樣子。這是大輔昨天估價收購的書籍一部份，是相當完整的收藏。

「為什麼？我們不是舊書店嗎？」

「電玩雜誌也是舊書啊。只要有好好珍惜這些書的人，也有想要這些書的人，舊書店什麼都賣。」

「是噢。」

扉子似乎不認同。

「有人很珍惜這些書嗎？」

「當然，很多呢。」

文現里亞古書堂的常客之中，也有收集舊電玩雜誌的人。大輔是想到了這點，所以把原本打算拿去書市賣的部份商品帶了回來吧。

不管是哪個領域的舊書，背後都有書主的故事。栞子突然想起一位委託人的故事。

她在與大輔結婚那一年，也就是《枳花》事件過沒多久時遇見那位女士，而一本與電玩有關的書，關係著她與家人的回憶。

「欸，媽媽想到一個與電玩書有關的故事。想聽嗎？」

「嗯，想聽！」

扉子快動作奔過來，兩人在敞開的後行李廂門正下方坐下。栞子清了清喉嚨。這次可以說的內容應該比《枳花》更多。

「那是在爸媽結婚那一年，正好是耶誕節的季節……」

第二話

「我與母親的回憶之書」

進入橫濱的元町商店街，處處裝飾著紅色和綠色的耶誕樹。商店櫥窗也因為耶誕鈴鐺和緞帶飾品而閃閃發亮。

聽說今年因為受到三一一東日本大地震的影響，年底的活動沒有以往熱鬧，不過對於不曾在耶誕季來到這類約會勝地的我來說已經十足華麗了。到了晚上還有燈海，應該會看起來更美。還有情侶專程來這裡約會留作紀念。

「……有情侶專程來約會呢。」

戴著眼鏡的長髮女子在身旁喃喃說得彷彿事不關己。我的感想也完全相同。她身上的白色外套與綠格裙似乎不是因為耶誕節；比起秀麗的容貌，套在右手上的金屬拐杖更引人側目。

她的名字是篠川栞子。文現里亞古書堂的店主。

我環顧四周。除了一家人出遊的之外，就屬我們這個年紀的男女最醒目了。

「這麼說來，我們也是一對呢。」

我舉起戴在左手無名指上的戒指。她的左手也有同樣設計的戒指閃耀著光芒。

「咦？呃、嗯，也是……」

她挪了挪眼鏡框，試圖遮掩染上紅暈的臉頰。

「可、可是我們雖是一對，還是有點不同吧……畢竟、是夫妻。」

她難為情地補充道。我們辦完登記後已經同居兩個月，不過對於夫妻這個稱謂還是不太有真實感。表白後開始交往是在五月，才剛過半年，還無法擺脫情侶的感覺。

我的名字是五浦大輔——不對，婚後變成篠川大輔。五浦這個姓氏也有特別的意義，不過若說我們兩人誰要改姓的話，我認為應該是我，所以改姓了篠川。話雖如此，不過我平常仍繼續用舊姓，所以除了家人之外，其他人還不知道我改姓了。

栞子小姐突然轉過頭看向對面的人行道。一對穿著似乎是同品牌的長外套、氣質優雅的老夫妻手勾著手走在石板路上。看看兩人都空著手，大概是住在附近。

「妳認識嗎？」

「不……不認識。」

不認識卻很在意。過了一會兒，栞子小姐突然把手臂勾上我。紅通通的臉朝著正前方，嘴唇緊抿掩飾羞怯。

（原來是想要勾手啊。）

我如果把這句話說出口，她八成會生氣，所以我按捺著沒開口。這麼說來，去年的此時我們還沒有交往。今年是兩個人首次一起過耶誕節。雖說我們跳過了男女朋友那一步成了夫妻。

「回家之前要不要去哪裡喝個茶？」

我問。夫妻兩人要一同享受耶誕氣氛，就是這麼做吧。

順便補充一點，我們家沒有打算慶祝耶誕節。成了我小姨子的文香正在準備考大學，精神很緊繃，所以我們準備買個她喜歡的蛋糕當作慰勞充充數。

「想是想，不過……要看有沒有時間。」

栞子小姐回答。她說得沒錯。

我們離開元町的商店街，朝著了無人煙的斜坡往上走。橫濱的山手地區在過去是外國人居住的區域，有些被指定為文化財的古老西洋宅邸和教堂。這裡是知名的觀光景點，也是日本數一數二的高級住宅區。

我們今天來橫濱是為了舊書店的工作。一位住在這一帶的女士想要委託我們「找出不知道放在哪裡的書」。聽說委託人是栞子小姐的母親——現在是我岳母的篠川智惠子大學時的朋友。

這件事原本是要委託篠川智惠子處理，但關鍵當事人卻在國外到處飛，還自作主張回覆對方：「我會讓我的女兒代替我出面。」

從岳母手裡轉來的這類委託多半都有隱情。我有預感情況會變得很複雜，不過委託人的確需要幫助，我們也很難拒絕。

只不過年底這段時間有很多到客人家裡收購舊書的到府收購委託很多，所以我們雙方約好了趁著空檔，也就是正好空下來的耶誕夜下午時分前往拜訪。詳細情況等直接碰面時再聊。

「好像就是這裡了。」

栞子小姐在斜坡中途停下腳步。我瞠目結舌。門後是一棟由巨大箱子和圓柱組成的時尚混凝土豪宅。鐵捲門關著的車庫大小可停三、四台車。我雖然隱約知道委託人不是一般老百姓，但也沒料到是這種程度的有錢人。

門牌上寫著「磯原」。按下門鈴告知來意之後，我想起我們兩人的手臂仍然勾在一起，便連忙放開；不能用這麼甜蜜的姿勢和委託人見面。

玄關出現一位中長髮的中年女士；皮膚白皙，小小的眼睛與小小的鼻子相隔有段距離；姿態優雅，令人不自覺地想起女兒節娃娃。她穿著很普通的高領薄毛衣與膚色長褲，看起來簡單樸素，不過衣服的剪裁與廉價品有些不同，一定是名牌貨。

「您好。我是文現里亞古書堂的篠川……家母時常麻煩您照顧了。」

栞子小姐低頭鞠躬，對方微微睜大眼睛。

「沒那回事，我才是經常受到她的照顧。我是打過電話的磯原未喜。讓你們特地跑這一趟真是不好意思……雖然我之前就聽說了，不過妳長得真的和智惠子很像呢，嚇了我一跳。」

缺乏抑揚頓挫的含糊聲音中聽不出來她的驚訝。她看來心不在焉，有種草率敷衍的感覺。

「請進。」

不等我們回應，她就進屋去了。

豪宅內部裝潢也是金碧輝煌。我們曾經去過有歷史的西洋宅邸和日式大宅進行到府收購，不過鋪著大理石的玄關大廳倒是第一次看到。旁邊是有家庭式吧台和鋼琴的客廳。本來以為我們就是要在這裡談話，結果她領著我們上了二樓的大起居室。看來她不是把我們當成一般業者，而是當成私人賓客接待。

我一進去就明白起居室設在二樓的原因了；因為那兒有一整片的玻璃帷幕，能夠將中華街和山下公園盡收眼底。遠處那個高一層的高樓，就是港都未來的地標塔吧。這片美景簡直可以直接用來拍電視劇或電影。

磯原未喜要我和栞子小姐坐在最能夠看見景緻的皮革沙發上，她也在我們正前方坐下。一位大概是管家的年老女士無聲放下咖啡後立刻離開。

「好漂亮的房子。」

栞子小姐說著了無新意的客套話。被領進這種地方來，也沒有其他什麼可說的。

「房子已經很舊了，光是浪費維護費而已。」

我們點點頭並環顧四周；或許是到府收購養成的習慣，我們不自覺就會找尋藏書。遺憾的是這個房間裡沒有書櫃。不過有猜不出到底多大的大型電視，以及沉重的石造壁爐。

「您住在這裡很久了嗎？」

「是的，已經三十年以上了吧。我結婚時是兩代同堂，開公司的父親蓋了這棟房子。如今父母已經過世，丈夫也派駐在海外……現在這裡只剩下我。」

尷尬的沉默蔓延。栞子小姐放下咖啡杯，端正坐好。

「……聽說您在找書。」

「是的。那原本是我兒子的書，我無論如何都想找出來。」

磯原未喜看向壁爐，壁爐上方掛著一大幅照片。一個頂著和尚頭、戴著眼鏡的微胖男子露出無憂無慮的笑容。拍攝地點似乎就是這個起居室。在鬆垮變形的灰色連帽厚棉外套底下穿著印有美國漫畫角色的T恤。年紀似乎比我們更大。姑且不提穿衣服的品味，長相倒是與委託人十分神似。

「這是您兒子的照片嗎？」

我忍不住確認。

「是的，那是小犬秀實。」

雖然照片的背景與人物落差很大，不過我稍微鬆了一口氣；在這個缺乏現實感的房間裡，只有這張照片裡的人物充滿一般生活味。

「……他上上個月因為蜘蛛膜下腔出血過世。享年三十一歲。」

房間裡的空氣瞬間冰冷緊繃。上上個月的話，現在才剛過四十九天沒多久。怪不得這位女士看起來心不在焉。

「請節哀順變。」

琹子小姐以僵硬的聲音說著，我也一起點頭鞠躬。

「如果方便的話，能否讓我們拈個香……」

「謝謝你們……不過，他的牌位沒有放在這裡。兒子婚後搬去大船的大樓住，所以牌位等等都在那邊。」

聽她突然提起我的老家所在地大船，我嚇了一跳。既然如此，兒子的妻子應該還住在那棟大樓吧。

「接著來談談我想委託你們找的那本書吧。」

磯原未喜朝我們探出上半身。大概是體貼我們，決定換個話題繼續往下聊吧。琹子小姐也順勢接話。

「好的。請問那是什麼樣的書呢？」

「其實我也不知道。也不清楚書名和出版社。」

「……什麼意思？」

琹子小姐眨了眨眼睛。

「兒子過世的前幾天，久違地打了電話回來。他就算是過年也不會回來這裡，也很少跟我們聯絡，但是……」

我的心裡掠過一絲不對勁；兒子夫妻住的大船距離山手並沒有太遠，一般來說雙方的往來應該會更頻繁點。

「大概是在夏天吧，我從家裡倉庫拿出兒子住在這裡時的所有東西，整批寄去他住的大樓。兒子於是打電話來道謝。據他所說，在那批包裹當中似乎有一本書有著我與兒子的共同回憶。」

「您的兒子說，那是有共同回憶的書，是嗎？」

栞子小姐插嘴。委託人點頭：

「是……他很明白地說那是『我和媽媽的回憶之書』。但是我一點頭緒都沒有。」

「也就是說，那本書就在您從家裡這邊寄過去的物品之中，是嗎？」

「是的……我沒有一一檢查那堆東西，不過我記得的確有些看來像是書，大多數是漫畫、雜誌等無聊的東西。」

磯原未喜皺起臉，彷彿看到什麼髒東西似的。照理說她如果沒有確認內容，應該不會知道是不是無聊的東西。

「我告訴兒子我不知道他說的是哪本書，他便笑著說：『改天我再當作禮物送妳，在那之前妳先猜猜看吧。』下一次再收到聯絡時，兒子已經在醫院。聽說他在工作時倒

下……救護車送到醫院時已經回天乏術。」

似乎是回想起當時的情況，她深深嘆息。也就是說，這本書對她而言相當於兒子留給她的遺物。

「您兒子的妻子知道是哪本書嗎？」

「她說不知道。還說如果找到了會拿給我。」

她的語氣裡有著不耐煩，看來是對兒子的妻子沒什麼好感。

「那麼，那本書現在也仍在兒子住處的某處，是嗎？」

栞子小姐再次確認。委託人有些遲疑地同意。

「我認為是。我去看過了，但是因為書籍數量太多，我也不清楚哪邊有哪些書……智惠子和你們應該很習慣這種找書委託吧？去年智惠子收購家父的舊藏書時，我聽她提過。她說：『文現里亞古書堂接受關於舊書的各類諮詢。』」

她愈講愈快，聲調也跟著變高。我們瞥了對方一眼——那位岳母實在太多嘴了。

栞子小姐緩緩開口安撫對方，說：

「我不清楚家母會怎麼做……我也接受過幾次與書有關的問題諮詢，不過我們真正的工作還是舊書交易，所以能力上怕是力有未逮……」

「但妳很了解各式各樣的書吧？智惠子也大力推薦，說這樁委託很適合交給自己的女兒。」

「還有很多人比我更懂書。家母也是其中一位……以全世界來看，我想我算是懂書的一方，也姑且對於大多數的領域都有涉獵……」

她回答得一團亂。磯原未喜安心地靠向沙發，似乎把栞子的回答解讀成謙虛了。

「妳能夠這麼說真是太好了。我還以為這類找書諮詢不適合找貴店這種正經的舊書店呢。」

這樁委託上門時湧現的不好預感突然增強了。栞子小姐的臉上也有著同樣的不安。

「您這麼說的意思是？」

「我回答兒子不知道是哪本書之後，兒子給了我一個提示……回憶之書與電玩有關。」

「……電玩、嗎？」

「你們是年輕人應該比我更了解吧？正式名稱好像是電視遊戲？」

我盯著栞子小姐看；在此之前不曾從這個人口中聽到電玩，甚至是電子等字眼。篠川智惠子把這樁委託整個丟給我們的原因我懂了——因為她對電玩沒興趣，想必也沒有相關知識。

（接受這樁委託沒問題嗎？）

不，恐怕很有問題。栞子小姐臉色蒼白。我猶豫著要不要出手相助，磯原未喜已經再次深深低頭鞠躬，說：

「那麼就麻煩你們了。」

大約又過了兩個小時之後，我們才離開磯原家。

在元町的老店買好耶誕蛋糕，搭上根岸線之後，我們幾乎沒有說話。兩人都累翻了。

一步步迫使我們接受這樁委託之後，磯原未喜繼續一股腦兒地對著我們訴說對於兒子的自豪與抱怨。

磯原秀實從小就有豐富的感性與敏銳的知性。身為獨生子的他背負著家人的期待，成績優異且運動神經出色。個性雖然有些內向，不過是個沉著穩重的「好孩子」。

母親希望他的社會地位也能不輸經營進口食品超市的祖父，以及在外務省（外交部）工作的父親，因此從小就讓他學英文和中文；為了培養他的藝術感性，也送他去學畫。母親自己也教過他彈鋼琴。儘管他十八般武藝樣樣精通，他本人卻不太熱衷，進入高中之前就全都放棄了。

「他做任何事情都是半途而廢……從那孩子懂事起，還有個情況讓我很擔心，那就是即使給他文字書，他也幾乎不讀。」

大學專攻英文的母親很早就買了兒童文學全集等給兒子，但他只是大略瀏覽就立刻丟到一邊。他用自己的零用錢買下且愛不釋手的全都是當時最受歡迎的少年漫畫和雜誌。

「他明顯變得很奇怪，是家父在他生日時買了電視遊樂器給他之後。兒子打從那個電視遊樂器上市就一直很想要，於是家父買了。此後不管是白天晚上，他都一直坐在電視機前面……那個叫做角色扮演遊戲嗎？他不停地玩著用壓歲錢買的幾款遊戲。我好幾次都想把電視遊樂器丟掉，可是他每次都會因此而大哭大鬧，我也拿他沒辦法。」

她提到電玩的語氣，彷彿在說什麼惡疾。欸，事實上也的確有人太過熱衷打電玩而失常，所以我也不是不懂她為何擔心。

最後規定「每天只能在固定時間打電動，而且成績不能退步」，母親才不再有丟掉電玩主機的念頭。秀實的成績也持續維持在前幾名，後來進入國高中一貫的知名升學學校。

「到此我終於放心，於是給了他一些自由；我就是這點做錯了吧。那孩子加入美術同好會，實質上只是漫畫同好會。他和夥伴們參考動畫和漫畫等，偷偷畫著下流的作品……」

磯原未喜蹙眉，搖了好幾次頭。也就是成了漫畫宅吧。後來他考上知名私立大學法學院之後也不常去上課，精力都用在同人活動。終於有出版社主動挖角他，問他要不要畫輕小說的封面和插圖。於是他開始以職業插畫家身份工作。

工作忙到分身乏術之後，他從大學休學。在他過世之前除了插畫工作之外，也參與動畫和電玩遊戲的角色設計。

「……那不是、非常有才華嗎？」

我驚訝。我雖然完全不懂那個世界，不過能夠這般活躍的人想必一定不多。但他的母親堅決不認同。

「如果當成興趣還無所謂，否則那樣不穩定的工作能夠持續多久呢……好不容易上了大學，至少也應該念到畢業。那孩子完全沒在思考未來……」

磯原未喜的表情突然扭曲。兒子再也沒機會思考未來了——我們當然不會提起，她似乎也不願碰觸這個事實。

「秀實先生什麼時候結婚的？」

栞子小姐這麼一問，磯原未喜反而開始抱怨起兒子的妻子。對方比兒子小十歲，兩人一年前在某場活動上認識之後，沒多久就去登記結婚，連婚禮都沒辦。她似乎也是某個圈子的宅女；與她見面談話也完全聊不來。

「我覺得那個女的應該知道些什麼。」

磯原未喜不斷如此重申，她認為兒子應該有把書的事情告訴過妻子。而媳婦一定是不想把收藏品的一部份交給我這個與她丈夫疏遠的人，所以才故意隱瞞不說。

儘管磯原未喜失去了獨生子，但她這種無心理解，還強烈排斥兒子喜愛的人事物的態度，令人感到厭煩。

「真的要接受這樁委託嗎？」

在大船車站轉乘橫須賀線後，我終於開口問栞子小姐。距離北鎌倉只有一站，不過因為車上有空位，我們並肩坐下。

「我是這麼打算。因為如果我拒絕的話，就沒人能找到那本書了。」

雖然不知道自己能不能找到，不過還是希望盡力做自己能做的事——栞子小姐說。

「可是感覺似乎很麻煩……而且，栞子小姐，妳打過電動嗎？」

「……只在小瑠的房裡打過一次。」

她小聲回答。「小瑠」是指滝野瑠。她是栞子小姐從小一起長大的好友，也是港南台的舊書店滝野書店的女兒。

「我弄不懂搖桿的方向，就被笑了……」

也就是說，她比我更不熟悉電動。我雖然稱不上喜歡，不過在我老家有好幾台家用電玩主機。因為我媽有段時期很迷RPG遊戲。我雖然老是在玩那套人人都聽過的知名系列電玩，不過我也曾經踏上冒險旅程，前往拯救世界。

「啐，現實生活真有這麼順利就好了。」

我聽過我媽打倒最終大魔王之後的喃喃自語，感覺背後一陣涼意。她八成累積了不少工作壓力。

「不過我知道電玩相關的舊書有多少行情。我們店裡雖然沒有經手這一塊，有些書只要拿去書市賣，也能賣到高價。」

栞子小姐繼續說明。

「哪種情況的電玩書能夠賣到高價？」

「電玩相關的舊書之中大家最熟悉的就是攻略本。再來是電玩雜誌；《電玩通》等知名雜誌的創刊號價值很高。再來就是規模與重要程度較低的電玩主機專業雜誌，那些也很珍貴，有不少狂熱的電玩迷在收集。」

「攻略本也是有價值的舊書嗎？」

「現在雖然也能從網路上取得電玩遊戲的攻略資訊，不過舊的電玩遊戲、規模與重要程度較低的電玩遊戲，要看攻略本才有更詳細的資訊。攻略本裡還有相關人士的訪談、主線故事中未公開的角色插畫等。也因為這個原因，所以電玩遊戲的設定資料集能夠賣出高價……大輔，你怎麼了？」

看她侃侃而談而錯愕的我，終於開口：

「我是在想，妳幾乎沒有打過電動，從剛才開始卻講得好像非常懂。」

「不，哪有……我說的差不多就是滝野書店蓮杖先生教我的那些而已。」

栞子小姐說。滝野蓮杖是滝野書店的少東，也是滝野瑠的哥哥。我和栞子也曾經多次承蒙他幫忙。他繼承舊書店之後，也開始經手電玩軟體和ＤＶＤ等。這麼說來，我記得他店裡的懷舊電玩專區也有舊的攻略本。

「可是妳是因為有興趣，才特地請教蓮杖先生的吧？我還是覺得很了不起。」

不只是書裡的知識，她對書本身的求知欲也非比尋常。

「我沒有實際在打電動，所以稱不上了不起……」

栞子小姐雙手手指兜在一起扭來扭去，似乎在害羞。

「世上的人們擁有各式各樣的興趣與好奇心，那些人從書上得到的是什麼樣的知識？……會在什麼樣的書裡找到價值？我只不過是喜歡去了解這些。當然一方面也是工作所需，不過我覺得自己也等於是與那些人共享他們的想法。」

我也多少明白這種感覺。即使是自己完全不熟悉的領域，客人因為得到自己想要的舊書而開心的話，我也會很開心。聽完他們訴說為什麼想要、為什麼珍貴之後就會更開心。

「我希望磯原女士想找的回憶之書，能夠多少幫助她了解兒子的工作與興趣……」

對話正好在電車抵達北鎌倉車站時結束。我們來到月台上。

我也希望能夠那樣。可是，磯原未喜想找的「與兒子的回憶之書」究竟是什麼書，目前還不清楚。兒子也就算了，我完全無法想像那位母親購買或閱讀電玩相關書籍的模樣。

一打開文現里亞古書堂的拉門，櫃台後側的臨時工讀生抬起圓臉。他戴著黑框眼鏡，穿著運動服，打扮很低調。耳朵兩側剃高、獨留頭頂、染成淺棕色的頭髮卻很搶眼。

「歡迎光……啊，你們回來啦。」

玉岡昴說。他是住在附近的高中生。過去曾因為重要的宮澤賢治初版書《春與修羅》引起的騷動與我們認識，此後也經常進出我們店。他也是篠川文香同一所高中的學弟。文香要去補習，我們不能委託她顧店，正在頭痛時，玉岡昴就自告奮勇對我們說：「如果可以的話，就由我來代替學姊顧店吧。」

「有沒有發生什麼事？」

栞子小姐問，昴指著櫃台附近的書架上方。原本陳列著全套小說全集的位置空了一部份出來。

「《久生十蘭全集》剛才賣掉了。另外還有幾位像是常客的客人來而已，沒有收購的委託。」

他的表情冷淡，不過還是口齒清晰地回答。之前交待他如果有時間的話，請幫忙替換百圓均一價書籍，他也做完了。

一本套著書店黑色書衣的文庫本蓋放在櫃台上。他似乎趁著空檔在看自己的書。

「這樣啊……謝謝你。我去換衣服。」

栞子小姐上了二樓，店裡就剩下我們兩個男人。我脫下外套，穿上圍裙。玉岡昴開始收拾東西準備回家。我們當然有付他工資，不過利用完他之後就這樣讓他離開，感覺很沒道義。

「我們買了耶誕蛋糕回來。如果方便的話要不要一起……」

「啊，不用。」

玉岡昴雙手掌心朝著我拒絕。

「請讓努力唸書的篠川學姊多吃一點。我沒有慶祝耶誕節的習慣……我只想回家繼續看輕小說。」

他的語氣很平靜，不過可以感覺到堅定的意志。這個季節不論去到哪裡都能感受到「慶祝耶誕節」的無言壓力。不想慶祝的人應該覺得十分困擾吧。我也沒有特別想要慶祝，所以也不打算勉強他。

「好吧。今天辛苦你了。」

我突然注意到他剛才提到「輕小說」。這個高中男生雖然喜歡以前的文學作品，不過他也經常閱讀時下流行的輕小說。或許對插畫家也很熟。

「有件事我想請教一下，你知道磯原秀實這位插畫家嗎？」

「磯原……秀實……？」

玉岡昴偏著頭想了想，他的三白眼突然大睜。

「你是說原秀實嗎？什麼知不知道……」

說著，他拆掉包在文庫本外側的書衣，秀出穿夏季制服的金髮美少女流淌汗水，舔著冰淇淋的書封插畫。我當然沒讀過這本書，不過我知道這是人氣輕小說系列的其中一冊。它的動畫版現在也正在播映中，新書書店都會把書陳列在平台上。我也看得懂這個插畫很可愛，而且整體很性感。

「就是這個！這個人！」

作者名字的下方印著「插圖：原秀實」。

「怎麼會問起原秀實？」

他抱著書快步逼近。

「不、那個……就是工作上有機會遇到他的親人。原來他真的很有名啊。」

我沒辦法透露詳情，只好含糊帶過。玉岡昴激動點了好幾次腦袋。

「是的！非常！只要是他負責插畫的輕小說都會大賣。他除了女孩子畫得好，繪畫實力更是高超，能夠畫跨各種年代的角色，而且小物品和衣服等的設計也很帥氣。他也做電玩遊戲和動畫的角色設計，在國外也有許多粉絲。他會英文也會中文，所以也和國外的動漫展舉辦交流活動，也會在網路上直接與國外粉絲交談……他過世的時候，世界各地的粉絲都發文追悼……」

我想起磯原未喜讓兒子學的才藝中有語言和繪畫。那位母親感嘆兒子每件事都半途而廢，沒想到卻在插畫工作中派上用場。

我們遲遲無法決定何時造訪磯原秀實生前的住處。一方面是正值年底，我們的工作很忙，無法和對方在時間上達成共識。

在前往拜訪之前，我上網查了「原秀實」的資料，也找到幾支他生前上傳的影片，全是他悠哉打電動的實況，或是回應粉絲要求現場作畫，或是用電子琴彈著隱約記得的曲子等鬆散的內容。他說話期期艾艾，雖然不擅長講話，不過表現出他是不拘小節的人，這點很討人喜歡。總之他做什麼事都很開心的樣子。每段影片的點擊播放次數都很高，而且在我觀看期間，追悼的留言仍在持續增加。

真的是一位受到眾人喜愛的創作者。我明明不曾與他見過面，不過看了他的言行舉止，我卻有種不可思議的感覺，彷彿很早之前就認識他。

結果到了年底的三十日，我和栞子小姐才前往那棟距離大船車站很近的大樓。大約十年前落成的大型大樓最頂層，就是磯原秀實生前住的地方。

開門迎接我們的是穿著偏大羊毛衣的年輕女子。照理說她應該已經是成年人了，卻因為超短的髮型，再加上嬌小纖細的體型，使她看來就像國中生。

「請進。我一直在等著你們來。我聽婆婆說過了。」

一開口竟是出乎意料的沙啞嗓音。說話方式也很四平八穩。

進入屋內，我瞠目結舌；雖然原因與之前造訪山手豪宅時不同。住宅的門廊兩側毫無縫隙地排列著深度很淺的書櫃，櫃上塞滿各式各樣領域的漫畫。走在前面的栞子小姐瀏覽著每本書的書脊，所以我們花了一點時間才走到客廳。

寬敞的客廳也有大半牆壁是高度直到天花板的收納架。動畫、真人電影的ＤＶＤ、電玩軟體一字排開。最頂層是裝著壓克力門的模型陳列空間，一半以上都是穿著極暴露的美少女模型。其餘的美國漫畫角色和特攝英雄模型也很醒目。放置大型電視的電視櫃上擺著最新款的家用電視遊樂器。

在這間彷彿畫中才會出現的正牌阿宅家裡，放在北側的嶄新佛壇顯得很突兀。家裡全是瑣碎的物品，但不論看向哪裡，每個角落都收拾得乾乾淨淨，地上和書櫃上沒有半點灰塵。是我們眼前這位女子仔細打掃過了吧。

我們在佛壇前拈完香，圍著圓形的矮茶几坐下。磯原秀實的妻子抬頭挺胸端正坐著。

「我是文現里亞古書堂的篠川。」

「……我是店員五浦。」

我也姑且跟著栞子小姐報上名字。對方以奇妙的姿勢伸手擺在自己胸前，自我介紹說：

「你們好。我是磯原秀實的妻子奇拉拉。奇拉拉寫成平假名，沒有日文漢字。」

我們一瞬間不曉得該做何反應。這是不是藝名之類的？於是對方露齒一笑。或許是感情豐富吧，她的表情很多變。

「不好意思，我的名字讓你們很難做出反應吧。這是我父親取的本名。聽起來很像輕小說或女性向電玩會出現的名字吧？聽說家父是個礦物迷，所以才把我取成代表『雲母』意思的名字。日本人稱雲母為『奇拉拉』，對吧？」

「是的，沒錯。」

栞子小姐幾分猶豫地點點頭，磯原奇拉拉繼續往下說。她似乎是一開口就不知道要停的類型。

「我爸媽在我很小的時候就離婚了，從此之後我不曾見過我爸，所以詳細情況我也不清楚。這種很二次元的名字在我小的時候還很少見，我在學校也經常被嘲笑，所以我很自卑，無法與人建立良好的人際關係。

因此才會老是待在家裡打電動。是電動救了我。雖然也有例外情況，不過大致上只要能夠破關，都會迎來快樂結局。與現實生活不同。」

看她講自己的事情說個沒完沒了，我不禁錯愕，突然想起我媽所說的話——現實生活真有這麼順利就好了。即使程度沒有磯原奇拉拉嚴重，不過我媽或許也是從電玩中得到救贖。有些人沉迷於電玩遊戲而忽略現實生活；也有些人藉著電玩遊戲跨越嚴苛的現實。沉迷於書與電影的人大概也相同。

「妳玩什麼遊戲？」

我問。純粹是好奇。不過對方立刻回答我。

「我玩過很多，尤其喜歡SQUARE ENIX的RPG遊戲。《FINAL FANTASY》每次一出新作或是復刻我都會玩。其他還有《聖劍傳說》系列，還有……」

她列舉的其他遊戲，我這個輕度電玩玩家沒有聽過，不過可以知道這個人對電玩很沉迷。

「我高中時也愛去不去，只打電動。我想做點其他事情。我煩惱了很久，某天我突然想到：『反正我的名字很二次元，我就變成二次元的角色吧。』我開始這麼做之後，這個名字反而成了我的賣點。我於是自己製作服裝玩cosplay。那邊那個——」

她指著客廳角落。一尊沒有頭也沒有手腳的等身大小假人模特兒穿著荷葉邊的粉紅色與白色相間短洋裝。大概是魔法少女之類的角色服裝吧。質感好到令人難以置信那是手工縫製。

儘管對於她開始cosplay的契機似懂非懂，總之她本人因此不再迷惘。生動描述過往的她看來精神奕奕。

「我一般不會像那樣裝飾在客廳裡，不過老師很喜歡那件作品，無論如何都希望擺在客廳……啊！」

磯原奇拉拉突然雙手撐著茶几，朝栞子探出上半身，然後來回盯著她的臉和身體——尤其是穿著毛衣的胸口。栞子小姐一臉困擾地縮起身子。

「篠川小姐，對吧？」

磯原奇拉拉以莫名冷靜的表情說。

「是、是的。」

「如果方便的話，要不要變裝看看呢？」

「什麼？」

我也和栞子小姐一起驚呼。

「像我這種幼兒體型，有很多角色無法挑戰。篠川小姐，妳的長相和身材都很完美，我認為不容錯過。我很樂意為妳縫製服裝！」

她的鼻息紊亂，大概是很興奮吧。栞子頓了一下，立刻搖頭。

「不，我不要。」

果斷拒絕。磯原奇拉拉失望地坐下。

「這樣啊……也是。我這麼突然要求真是抱歉。不過要是妳改變主意的話，隨時都可以跟我說。」

她露出非常遺憾的表情。我想栞子小姐大概不可能改變主意吧。雖然不曉得她會穿上什麼樣的服裝，不過剛才那一瞬間我很期待能看到她的變裝打扮。

「話說回來，剛才您說的『老師』，是指您的丈夫嗎？」

栞子小姐一問，磯原奇拉拉立刻連耳朵都紅了。她的表情真的頻頻在改變。

「……我剛才這樣叫了嗎？因為結婚之前我都是這樣叫他，不自覺養成習慣。老師……老公也笑過我，所以我有試著改掉，可是……」

她的聲音中突然攙雜著難過。她凝視自己雙手的樣子，與提到兒子未來時的磯原未喜有些神似。

「您和丈夫在哪裡相識的呢？」

「去年在北海道舉辦的動漫展上。那是地方政府為了振興城市經濟舉辦的大型活動，來自全國的玩家都聚集在那裡。我高中畢業後就在上班，當時是請了年假和朋友一起去參加……一方面也是因為我想去看老師當時舉辦的座談會；因為我最愛老師畫的角色了。

嗯，座談會其實也就是在溫泉旅館的宴會廳一邊喝酒一邊和畫迷們聊天……就是聚餐而已。聽說是老師希望採取這種形式；因為他不擅長面對正式場合。」

我能夠想像當時的氣氛一定和我看過的影片一樣熱絡。

「可是，現場非常熱鬧。喝醉的老師偶然坐到會場的電子琴前面，叫我們點歌給他彈。我點了《FINAL FANTASY V》的〈遙遠的故鄉〉。那是只要進入主角巴茲故鄉的村子，就會播放的超有名配樂……你們兩位知道嗎？」

栞子偏著頭。我姑且也算玩過這遊戲，不過頂多是知道「就是那首歌」的程度而已。這麼說來，我記得旋律很好聽。

「同時也有其他幾個人點了動畫配樂、遊戲配樂等，不過老師選了我點的歌。他的演奏真的無敵好聽，我聽著聽著就大哭了……那是我有生以來第一次破關的遊戲。活動結束之後，我去向老師道謝。老師說其實是因為當時大家點的歌曲之中，他只會彈〈遙遠的故鄉〉。老師耳力沒那麼好，無法聽過就記住，而且他很少彈琴，所以小時候沒有累積什麼擅長的樂曲。

不過，老師第一款玩的電玩也是《FINAL FANTASY V》。啊，只是老師玩的是超任的版本，我玩的是任天堂GBA（Game Boy Advance）的版本。我覺得這是命中注定，所以硬是跟老師互換聯絡方式……後來我們就開始交往了。」

聽著聽著，我益發覺得不可思議。如果這個故事真實無誤的話，他們相遇的契機就是他小時候學的才藝了。繪畫、語言、鋼琴——這些英才教育似乎在秀實先生的工作和私生活方面全派上了用場；雖然用途與母親原本的期待大相逕庭。

「插畫家的工作很忙碌，壓力也很大，照理說他應該有很多壓力，不過老師不會表現在臉上。我從來不曾聽他說過任何人的壞話。他穩重又溫柔，不管我說什麼、做什麼他都全盤接納……我好喜歡好喜歡老師的一切，我希望一輩子都能當他的後盾，所以和他結婚，卻……」

笑容從磯原奇拉拉的唇邊消失，長長的睫毛底下流露著黯然的影子。

「他這個人從來不說『我現在很累』或『身體不好』等等。如果我更加用心留意他的狀況的話……至少在那天，如果我有更早發現他沒有離開工作室……我每天都在想著這些……啊，抱歉。請等我一下。」

她有禮貌地說完，垂下雙眼啜泣。我們找不到任何話語安慰她，只能看著透明的淚滴從她的指間落在茶几上。

等磯原奇拉拉冷靜下來之後，我們前往磯原秀實的工作室。工作室經過改裝，把兩個房間打通成一個相當寬敞的空間。

擺在窗邊的寬桌上放著好幾台電腦螢幕和畫圖用的繪圖板。旁邊有成堆看起來像是什麼資料的紙冊。他似乎直到過世之前都在這裡工作。

牆邊幾乎都是書架，塞滿了書和雜誌。有很多大尺寸的插畫集、姿勢集、甲冑和武器圖鑑等工作用的參考資料書。也收集了電玩攻略本和電玩雜誌等。類似同人誌的薄本也相當多冊。

「這個房間仍保持他過世時的樣子。如果要找婆婆和老師的回憶之書的話，應該就在這裡的某處。從山手老家寄來的包裹，我搬到這裡來了。」

已故磯原秀實的妻子解釋著。

「您看過包裹內容嗎？」

聽到栞子小姐的問題，她以奇妙的角度點點頭。

「我開過箱子一次。因為包裹是在老師不在時寄達，我擔心裡面有必須放冰箱的食物。一看到最上面放著他小時候的照片，我連忙把箱子合上。他也許不喜歡我擅自動他的東西。」

「在您丈夫回到家之後呢？」

「老師自己把包裹裡的東西拿出來整理，所以我也不知道裡面放了什麼。啊，他有給我看他小時候的照片，好可愛呢。」

「關於那本回憶之書，他說過什麼嗎？」

「有說了一些。其實老師打電話給婆婆道謝時，我也在旁邊聽；因為老師人就在飯廳，我正好在廚房做菜。我完全無法想像電玩書有老師和婆婆的回憶，所以問了他那是什麼書。他說：『是我小學時媽媽買給我的、唯一一本與電玩有關的書。』」

「他沒有提到書名嗎？」

「沒有。我一追問，老師突然微笑，說：『既然這樣，下次我帶著書回老家時，妳也一起去吧。在那之前先保密。』」

如果這件事實現的話，應該就能破解孩子氣的猜謎遊戲了。任誰也沒料到事情會變成今天這個局面。

「我也很想知道是什麼書……不過婆婆似乎認為是我隱瞞不說。」

磯原奇拉拉苦笑。她說的沒錯，所以我們也無法反駁。磯原未喜無意了解兒子的妻子，就如同她對兒子的工作與嗜好也不感興趣。

「啊，對了、對了。我一開始有想過可能是這本書。」

她突然從附近書櫃上拿出一冊文庫本。羅傑・凱洛斯（Roger Caillois）的《遊戲與人類（Man, Play and Games）》。講談社學術文庫出版。

「這是什麼書？」

立刻回答我的問題的人是栞子小姐。

「這是在文學、社會學、哲學等各領域很活躍的法國學者凱洛斯的代表作。內容是針對遊戲這件事建立邏輯，加以考察。因為遊戲的基本定義、遊戲的本質、遊戲所包含的要素分類而聞名……請問，這本書怎麼了？」

栞子小姐問磯原奇拉拉。書名很有趣，不過內容似乎很艱澀。

「這是婆婆在老師高中時送他的書。婆婆希望老師多讀文字書，所以選了這種老師容易接觸、與電視電玩遊戲有關的內容。不過我聽說婆婆自己也沒讀過。」

她的聲音攙雜著若干諷刺。欸，電玩遊戲也是遊戲的一種，不過這書怎麼想都不會是電玩迷會優先選讀的書。

「這應該……不是回憶之書吧。」

「不是。這本書一直都在這個房間裡，而且老師對這本書沒有什麼特殊情感……他是上了大學才讀這本書，讀了之後發現自己能夠理解，也覺得有趣。老師天資聰穎，只要他想讀，什麼都難不倒他。」

上大學才終於理解的書，應該不是我們要找的書。一開始就說了是「小學的時候」買的書。若是這樣——

「可能是攻略本之類的？」

我說。小孩子看得懂的電玩書，應該就是攻略本了。

「我也考慮過攻略本，不過老師在高中之前都不曾看攻略本打電動。他常說自己擁有的電玩遊戲不多，每一款他都想要盡可能玩久一點，所以認為自己不需要攻略本。」

「可是過關條件等，不看攻略本的話很難吧？」

「他好像都是靠自己的能力過關的欸。因為他這個人很有耐性，而且專注力驚人。」

「電玩雜誌呢？」

栞子小姐問。磯原奇拉拉雙臂抱胸。

「我認為電玩雜誌比較有可能。老師雖然不使用攻略本，不過他很愛看電玩雜誌。攻略本只刊登一款電玩遊戲的資訊，但雜誌的話，能夠獲得當時上市的所有電玩的資訊。他說過自己一點一滴存下零用錢買的MEGA DRIVE、PC Engine等專業雜誌，都是從創刊號就開始買。他甚至沒有那些遊戲主機。」

有電玩軟體卻不買攻略本，沒有遊戲主機卻買專業雜誌——這種一般人難以理解的劃分方式，非常有電玩迷的風格。

「可是我很難想像那位婆婆會買電玩雜誌。因為老師好像都是偷偷買電玩的書，不讓家人發現。」

結果又回到原點。怎麼想都覺得那位母親不可能買什麼電玩相關的書——

「……啊。」

栞子小姐小聲一叫，表情似乎是想到了什麼。她拄著拐杖再次從角落開始依序確認一整面牆的書架。

「您丈夫的遊戲相關書籍和雜誌，全都集中在這邊，沒錯吧？」

她問磯原奇拉拉，視線沒有離開書架。

「是的。這邊只有老師的書……我的嗜好房裡有我為了變裝參考而買的設定資料集等。寢室的書櫃則是放我們一起用的攻略本等……」

我們點點頭。也就是說磯原秀實個人的收藏只有這裡這些。

「……你們兩位不驚訝嗎？」

磯原奇拉拉來回看了看我和栞子小姐的臉說。

「驚訝？」

「有些人一聽到我說寢室有擺書，而且還多到要用書櫃，都會嚇到欸。沒想到這次失敗了。因為你們是開舊書店的嗎？」

栞子小姐默不作聲地繼續看著書脊。她很顯然是在假裝沒聽到。我們在北鎌倉家裡的寢室，不只「有書櫃」，而且是除了床、衣櫃之外的所有牆壁，全都被書櫃佔滿了。

當然書櫃上全是栞子的藏書。只要一不留意——不對，就算提醒她，書還是會從書櫃上溢出來。

「嗯，也是。每天一直看著書，應該也很習慣了。」

我看著栞子小姐的背影故意大聲說。我可是費了番功夫才忍住笑意。

「舊書迷的寢室有書一點兒也不稀罕。我熟識的人……」

「啊，奇拉拉小姐！」

栞子小姐突然一個轉身，看來相當焦慮。我的取笑就到此為止吧。

「您的丈夫會淘汰書或雜誌嗎？」

「不會，他不做那種事……特別是有小時候回憶的東西，他絕對不會丟掉。之前老家寄來包裹，讓他能夠拿回小學時代的所有收藏，他還因此很高興呢。」

「……這裡空著，是有什麼原因嗎？」

栞子小姐站在角落的書架前，指著面前那一層。的確有個能夠放入幾十本大尺寸書的空間。磯原奇拉拉不解偏著頭。

「怎麼會這樣？原本沒有這個洞的……」

我也越過栞子的肩膀看過去。空無一物的空間左右陳列著舊電玩雜誌。《BEEP!MEGA DRIVE》、《全勝PC Engine》——就是剛才聊到的專業雜誌的舊期數。以雜誌來說保存狀態十分良好。最早的是一九九一年，這裡一共收集了兩、三年的期數。這是我還沒上小學那時代的東西。我連有這種雜誌都不知道。

「啊，對了！」

磯原奇拉拉突然雙手一拍。

「兩、三天前，老師的朋友拿著整批之前借走的電玩遊戲和DVD來還，數量多到裝滿一整個紙箱。他離開時也帶走之前借給老師的大量電玩和書等。我想這個空位原本放的大概是那位朋友的書或雜誌。」

話才聽到一半，栞子小姐眼鏡後側的眼睛隱約瞇起。

「那位朋友是什麼人？」

「老師國中加入的美術同好會的夥伴。他們一直有往來，他也經常來我們家裡玩。那個人是重度電玩宅，收集電玩遊戲，也寫那方面的作品，而且也是輕小說作家。名字叫岩本健太……兩位聽過嗎？」

我沒聽過。栞子小姐稍微想了一下之後開口。

「……約在三年前出道的作者吧？我記得隔年也出版了續集。」

她沒有提及作品名稱，大概是想不起來吧；因為輕小說的發行冊數很多，而且文現里亞古書堂沒有積極收購。不過她會記不住倒是很罕見；或許是因為作者沒什麼名氣。

「沒錯！他是老師最好的死黨……老師過世之後，他也經常過來探望、擔心我、看看我要不要緊。」

磯原奇拉拉微笑。似乎也與對方頗為熟識。

「該不會是岩本先生搞錯，誤拿走老師的書吧？」

「……有可能。」

我沒有漏聽她那微乎其微的停頓。她恐怕不認為是「搞錯」拿走了。

「最近還有其他人進入這個房間嗎？」

「沒有……岩本先生之外就只有我了。」

「岩本先生住在哪裡，您知道嗎？」

「我知道。因為老師也經常和他互寄包裹。我記得是在洋光台……車站附近。」

「您現在方便立刻聯絡他嗎？跟他說有急事要過去拜訪。」

「咦？現在嗎？」

磯原奇拉拉驚訝睜大雙眼。她似乎這才發現情況不對勁。

「是的，非常重要的急事。」

栞子小姐果斷地說。

「請他務必讓我們登門拜訪。」

磯原奇拉拉發信給岩本健太，就收到他回信說可以過去沒問題。他今天似乎在家

——但是栞子小姐不肯讓幫忙約人的磯原奇拉拉一起去。

「我現在沒辦法詳細解釋，不過請讓我們兩人自己過去。之後我們一定會把事情交待清楚。」

磯原奇拉拉態度強硬，表示自己沒有理由不去，也希望知道原因，但是栞子小姐堅決不退讓。大概是察覺到事情的嚴重性吧，磯原奇拉拉最後接受「萬一有事要立刻聯

絡」和「事情結束要說明一切」這兩個條件，同意妥協。

「到底是怎麼回事，可以說給我聽聽嗎？」

搭上根岸線電車之後，我問栞子小姐。因為正逢日本新年假期，車上幾乎沒有乘客。時間已經接近傍晚，太陽也開始西斜。

「嗯，我大致上也察覺到……可能是那位岩本健太把那個家裡的書偷走了，沒錯吧？」

「……可是沒有確切的證據。」

栞子小姐語氣沉重地小聲說。

「書架上的《BEEP!MEGA DRIVE》、《全勝PC Engine》的舊期數都是一九九一年之後的出版品。但是《BEEP!MEGA DRIVE》、《全勝PC Engine》的創刊是在一九八九年。現場沒有創刊號和之後的期數。」

「他會不會是從一九九一年才開始買……啊，不對。」

磯原秀實的妻子說過，他的MEGA DRIVE、PC Engine等專業雜誌都是「從創刊號」就開始買。少了創刊號很不自然。

「夏天收到老家寄來的包裹，秀實先生說：『小學生時代的收藏全都拿回來了。』

他原本就是不會丟掉收藏品，自己的電玩相關書籍也全都收在那個房間裡……也就是說，那個書架上應該有創刊號。創刊時的舊雜誌尤其珍貴，對於電玩迷來說猶如珍寶。」

原來如此——我心想。如果是把「電玩相關寫手」當成工作的重度電玩迷的話，的確會很想入手。

「過期舊雜誌不是回憶之書嗎？」

「我還不知道。我認為很有可能是混在被拿走的東西之中，不過……就算真的混在其中，我也不確定我們能否找出來。這次的委託找書很困難。」

我正在思索這句話的意思，栞子小姐接著為我說明。

「直接見過『回憶之書』的人，只有當事人的秀實先生和未喜女士。秀實先生已經過世，而未喜女士想不起來是哪一本書……這麼一來，第三者也無從判斷正確答案了。我們能夠做的只有帶著最有可能的書，讓未喜女士回想看看而已。」

「……也是。」

聽她這麼說，的確如此。委託人磯原未喜本人也不知道的書，叫身為第三者的我們去找，我們能夠做的也很有限。

「雖然已經從奇拉拉小姐的話裡得到幾個提示，不過我也不確定自己的解讀是否正確……」

磯原奇拉拉在客廳裡哭泣的樣子還留在我腦海中。結婚不到一年就失去伴侶──就好比我現在失去了栞子小姐，光是想像就讓我胸口刺痛。如果是我，我能夠像她那樣，協助感情不睦的婆婆找出「回憶之書」嗎？

我突然想到某個可能性而毛骨悚然。

「妳認為那位妻子有沒有可能撒謊？」

如果她表面上說沒有頭緒、自己也想知道，事實上卻把書偷偷藏起來的話──她也是相當重度的電玩迷；如果那本「回憶之書」很珍貴，又是與丈夫之間的回憶，也不無這種可能。事實上磯原未喜也這麼懷疑。

她提出岩本這個名字，或許是為了轉移我們的目標，好讓我們別把注意力放在她身上。這麼一想也很合理吧。

「我無法武斷地說不可能，但我認為可能性很低。」

栞子小姐靜靜回答。

「為什麼？」

「奇拉拉小姐如果想要藏起『回憶之書』的話，沒必要裝作不知情，只要指著其他書強力主張；『這本就是回憶之書』就可以了。只要撒謊說：『過世丈夫說是那本書。』這樣更簡單，而且也無法找人查證。」

「就算隨便說一本其他的書，只要給那位母親看看，立刻就會被拆穿……啊，對了，那個文庫本！」

羅傑．凱洛斯的《遊戲與人類》。那本書姑且也算是母親買給兒子、「與電玩有關的書」。只要拿到磯原未喜面前，她多少能夠想起這是自己送的；如果告訴她「秀實先生在大學時代讀了之後一直很寶貝」的話，她應該也會接受。磯原奇拉拉可以在神不知鬼不覺的情況下，把正牌的回憶之書當作自己的東西。

栞子小姐說得沒錯，怎麼想都不覺得她撒謊。我因此安心了。

「現在這個時間點只能說，奇拉拉小姐藏匿『回憶之書』的可能性很低、岩本先生帶走部份磯原秀實先生的收藏的可能性很高。我們必須做的就是拿回那些收藏品，但……」

栞子小姐以食指按著太陽穴，緊閉雙眼。

「問題在於如何拿回……」

岩本健太住的地方是洋光台車站附近的木造公寓。

老舊到什麼時候拆除也不奇怪。灰色的牆壁有點髒，樓梯和窗框長著鐵鏽。收納遮雨窗板的空間因為吸了水氣翹起來。

門外沒有門鈴，我們只好敲門。門內的人像是等待已久，立刻把門打開，出現一位身穿褲腳綻線牛仔褲和褪色連帽上衣的高個子男生。亂糟糟的頭髮留得頗長，不過他的輪廓很深，鬍子也剃得很乾淨；只是喉結處隱約殘留血跡，似乎是剛剛才剃的。

「呃，您好。我們是磯原奇拉拉小姐聯絡過說要過來的人……我們是文現里亞古書堂的篠川和五浦。」

大概是緊張吧，對方低著頭小小聲說話。

「啊、嗯嗯，幸會……小奇呢？」

對方不解地找尋熟人的影蹤。

「她沒有一起來。」

栞子小姐抬眼與對方四目相對。

「關於磯原秀實先生的藏書，我們有重要的事情想要請教您。」

一聽到朋友的名字，岩本的表情彷彿被冰撫過般變得僵硬緊繃。

「……請進。站著說不方便。」

他很快地退進屋內。我們從狹窄的脫鞋處進屋。室內是典型的1DK（一間睡房+一間廚房兼飯廳）格局；廚房再過去有間和室。看得見的地方都經過收拾，不過從浴室微開的門縫可看見門後有幾個半透明垃圾袋。大概是匆匆忙忙打掃過了。

我們進入房子最內側的和室。我最先注意到牆前的電腦專用矮書桌與和室椅。看起來很像是寫作的設備。還有高到像是要遮住牆壁般的書架；這點和磯原秀實的房間大同小異。書架上雜亂擺著漫畫、電玩軟體和小說，不過到處都有缺口，顯得很清爽。

岩本鑽進放在和室正中央的暖桌。我正要跟著他的動作，突然注意到放在暖桌桌面的文庫本。我們抵達之前他似乎正在看書。

那本是伏見つかさ的《我的妹妹哪有這麼可愛！》——我也聽過這個書名，是頗受歡迎的輕小說系列。夾在書裡當作書籤使用的收據印有滝野書店的店名。這麼說來他們也經手輕小說。那家舊書店所在的港南台就在洋光台旁邊，離這裡不遠。

栞子小姐突然拿出智慧型手機看著螢幕。

「不好意思，有郵件，我去回個信。」

她小聲對我說完，便離開房間；也許是磯原奇拉拉來信問問目前的狀況。被留下的我只得無奈地坐入暖桌。

「然後呢，你們為什麼來找我？」

岩本說。栞子小姐還沒有回來。我不得已清清喉嚨，大略解釋情況——我說我們是受到磯原未喜的委託，正在找她和兒子的回憶之書。雖然去過大船的秀實家，不過沒有找到可能的書。此時栞子回來了，她看向放在暖桌上的輕小說。

眼鏡後側的雙眸透露著強烈光芒。和平常不一樣，這是要開始講書的她。

「您看輕小說嗎？」

聽到這個沒頭沒腦的問題，我感到不解。岩本稍微緩和緊繃的表情，有些得意洋洋地開口：

「我其實也是輕小說作家。剛好正在和出版社談合作，準備出新書。賣得好的作品必須立刻乘勝追擊……」

「《我的妹妹哪有這麼可愛！》的這一集是在二〇〇八年八月出版的吧，距今三年多以前。」

栞子小姐冷冷打斷對方的話。

「您選擇在舊書店便宜買進倒是無所謂，不過作者會收不到版稅吧？」

氣氛突然變得很緊繃，連空氣都為之顫動。岩本的表情變得嚴肅。

「……你們也是開舊書店的不是嗎？你們這些出版業界的垃圾寄生蟲，有什麼資格用那種語氣教訓別人？」

他的語氣瞬間變了調。我覺得這才是他的真面目。

「您說的沒錯。是我失禮了。」

栞子小姐居然老老實實低頭鞠躬。我猜不透她說這番話的用意，只覺得她是在故意激怒對方。

「我想剛才五浦已經提過了，我們正在找尋磯原未喜女士想找的書。聽說前一陣子岩本先生為了拿回借出的書和電玩遊戲，曾經進入秀實先生的工作室。您有沒有注意到什麼呢？」

「沒什麼特別的……我只是把磯原的東西送還，順便拿回自己的東西而已。」

「岩本先生，您可以具體說明自己帶回了哪些東西嗎？」

「大多是PlayStation和SEGA土星的遊戲、攻略本吧。那傢伙有時會想玩以前的遊戲，所以我會連攻略本一起借給他。他以前是打電動不用攻略本的人，不過現在沒有那麼多時間慢慢玩。」

「可以讓我看看您帶回來的東西嗎？」

岩本皺起眉頭，瞇眼瞪著栞子。

「為什麼？」

「大船住處的部份《BEEP!MEGA DRIVE》、《全勝PC Engine》舊雜誌不見了。我在想會不會是不小心混入您帶回來的物品中了吧。」

「我哪知道？我帶回來的全部都是我的私人物品。」

「可是，這幾天除了奇拉拉小姐之外，曾經進入秀實先生工作室的人，就只有岩本先生您了。」

栞子小姐的聲音始終冷靜。岩本不悅地張嘴，最後卻找不出可以立刻反駁的話。他撥高頭髮仰望天花板，似乎在平復情緒。他的唇邊緩緩露出些許笑意。

「……雜誌不見了，這不是小奇說的吧？」

這回輪到栞子小姐說不出話來。我也清楚她為什麼在煩惱著要如何討回被盜物品——因為磯原奇拉拉就連消失的是哪些雜誌都不知道，沒有辦法證明書是被偷走了。

「可是書不見是事實。不在磯原先生家裡的話，就只有可能在這裡了。」

「妳想說是我偷的嗎？」

「不，我沒有這麼說。我從剛才就說了，是不是您弄錯一併帶回來了？」

「靠！我哪知道！我不是說了我沒看過也沒摸過那些雜誌嗎！」

他怒氣沖沖地說，一掌拍向暖桌的桌面。我快速移動到栞子小姐身邊。假如對方想要施暴的話，我準備好隨時壓制他。

「那麼，請讓我搜索這間房子。」

栞子小姐儘管如此還是不失冷靜。

「妳說什麼？」

「您剛才說了沒看過也沒摸過。您在撒謊。我有自信……一定能夠從某處找出那些不見的東西。」

「我要報警了。」

「請自便。」

冒著冷汗的不是泰然自若回答的栞子小姐，而是我。如果真的報警的話，對我們反而不利。畢竟闖進別人家裡、要求對方讓我們翻找——提出這種亂七八糟要求的是我們。

我突然注意到栞子小姐咬緊牙關，她的臉上也失去了血色。似乎很拚命在克制緊張。

岩本啐了一聲拿出智慧型手機——接著突然朝栞子小姐露出猥瑣的笑容。

「如果你們什麼也沒找到的話，該怎麼處理？」

「任憑處置。」

「這樣啊。任憑處置……當真嗎？」

「是的。」

男人的笑意擴大，雙眼緊盯著栞子小姐的身體像是要把她拆吃入腹。我瞬間覺得惱火；不用說也知道他在想像什麼。

「就給你們五分鐘，隨便你們翻吧。」

岩本說得很快，聲音因為興奮而高亢。別開玩笑了——在我還來不及拒絕之前，栞子小姐已經點頭。

「好。」

「不可以。」

我搖頭。不只是因為我生氣；他允許我們翻找五分鐘，一定是因為他把東西藏在很難找到的場所，或是在這公寓以外的其他地方。

栞子小姐用力握住我的手，上半身往前傾，靠在我的耳邊小聲說話。都已經這個時候了，我竟然還因為她溫熱的氣息而胸口躁動不已。

「別擔心。請相信我。」

我近距離觀察她的表情，看到了過去也見過好幾次、她在破解書的謎團時才會出現的自信眼神。沒辦法。我做好心理準備。總之先照她所說的進行，萬一苗頭不對，我再挺身保護她就好。

「……要找哪裡好？」

我問。栞子小姐想了一會兒之後，指著背後的拉門。

「那邊的壁櫥就麻煩你了。我去廚房找。」

在１ＤＫ的房間裡，能夠藏匿幾十本雜誌的空間有限。壁櫥當然也是其中一處。

我打開拉門。下半部塞滿衣箱和棉被等生活必需品，不過上半部卻很空曠，只放了幾個瓦楞紙箱和電風扇等家電而已。紙箱裡只有壞掉的搖桿、類似電玩主機零件的主機板等破爛。我也檢查了衣箱和棉被的縫隙，不過沒找到雜誌。

「剩下兩分鐘！」

背後傳來低沉的聲音，我感到焦急。已經過了三分鐘——我不放過壁櫥裡任何一個角落找尋。其他必須看看的地方就只剩下一個了。

我進入壁櫥裡，推開通往天花板內側的頂板；鼻子聞到一股老舊木材與潮濕灰塵的臭味。我打開智慧型手機的手電筒照照屋頂內側，可是在燈光能夠照到的範圍之內沒有發現類似書籍的物品。

說起來，我探頭的洞口四周都積著很厚的灰塵，可以確定至少這幾年都沒有人上去屋頂內側。

「五分鐘已經過了！時間到！」

岩本雀躍的聲音響起。我無可奈何地把頂板歸位，離開壁櫥。也許栞子小姐找到了。

她側坐在廚房流理檯前面，把臉和手探進收納空間的深處。

「停手，快點出來吧。」

在岩本的催促下，栞子小姐不甘願地往後退。她的手上沒有任何東西。她也沒能夠找到。

「所以說，不見的東西，找到了嗎？」

栞子小姐低著頭沒有回答。岩本因為獲勝而沾沾自喜，笑著說：

「臭婊子，把人當小偷……妳就先給我下跪磕頭道歉吧。」

輪到我上場了。我打定主意——儘管遺憾無法取回書，不過伴侶的安全無可取代。

我一步步往玄關門口方向移動，確保退路不被阻擋，同時也擺出預備動作，準備隨時跳進兩人之間。

我絕對不會讓這個男人如願——

「……不要。」

從栞子小姐的嘴裡發出了聲音。接著她抬起頭緊盯著岩本。

「我不會下跪磕頭道歉。」

「什麼？妳……」

「不見的東西已經找到了。馬上就會送過來。」

她的話還沒說完，就聽到敲門的聲音。在場所有人都看向大門。

「門沒鎖，請進來。」

栞子小姐自作主張回應完，門就猛然大開，穿著黑色毛衣和圍裙的男人抱著紙箱現

身。他的下巴一如往常長著淡淡的鬍子。

「蓮杖先生？」

我驚呼。

「嘿，五浦也在啊。我想應該也是。」

滝野書店的滝野蓮杖一邊說著，把紙箱放在廚房地上。

「你為什麼在這裡？」

「問我為什麼，當然是因為篠川寫郵件給我啊，那還用說嘛。她說，這兩三天可能有人拿著贓物到我們店裡賣。如果出現的話，希望我能夠回收帶過來，所以我就照她說的做了。」

接著，他對岩本嘲諷一笑。

「岩本先生，感謝你前幾天光臨敝店賣書。如果這些不是贓物的話，我會更感謝你。」

聽到對方這麼說，岩本臉色蒼白僵在原地。我終於了解狀況了。

這個男人從過世老友的工作室偷走書並賣給了滝野書店，然後買了輕小說的文庫本回來。看到文庫本就察覺真相的栞子小姐聯絡滝野，所以她才會藉口說要回信而離開座位。

後來的對話與翻找房間，全都是為了爭取時間等待滝野抵達——不對，有一點是例外。她故意挑起岩本的怒火所說的那些話。

「剛才你已經清楚說過，你沒有看過也沒有摸過那些雜誌。」

栞子小姐這樣說著，打開放在地上的紙箱。最上面的是印著藍龍插畫的雜誌。《全勝PC Engine》的雜誌名稱底下有小小的「創刊號」。

「我說得沒錯，不見的東西找到了……可以告訴我們是怎麼回事嗎？」

「只要在工作上扯到你們包准沒好事。又是贓物又是什麼的。」

在玄關穿鞋的滝野要離開時板著臉說。

「給您添麻煩了，真的很抱歉。」

栞子小姐誠惶誠恐地低頭鞠躬。滝野噗哧一笑，在面前擺擺手。

「妳別當真，我是開玩笑的。幸好我們沒把贓物賣出去。」

接著他以下巴指了指人在裡頭房間、大勢已去的岩本。

「這半年來他經常賣給我們很珍貴罕見的電玩軟體、攻略本等。我還以為他是很有品味的客人……也許是缺錢吧。」

聽到他這麼說，我想到這個屋子裡幾乎看不到電玩收藏品之類的東西，書櫃和壁櫥裡也到處是缺口，連最新款的電玩主機都沒有；磯原奇拉拉明明說過岩本是電玩寫手也是收藏家。

「贓物的收購費要怎麼處理，等過完年再討論吧。妳處理完這件事再跟我聯絡。我走了，新年快樂。」

滝野接下來還有到府收購的工作，所以先離開了。我和栞子小姐回到裡面的房間。岩本失神地靠在後側的窗戶上。

「對不起。」

我們兩人打開紙箱檢查內容物時，栞子小姐小小聲地道歉。

「咦，為什麼道歉？」

「我來不及向你解釋我的計畫……害你真的跑進壁櫥裡找書。」

「沒關係。我懂。」

如果說明過程出錯，搞不好反而會被識破。這也是沒辦法。話雖如此，我還是很開心她在乎我的感受。

「你們兩個感情真好。在交往嗎？」

岩本對我們說。我握拳朝向他秀出婚戒。不曉得為什麼栞子小姐也一臉認真地擺出同樣的姿勢；雖然我覺得不需要兩個人同時做這個動作。

「結婚了啊……」

岩本看著自己空無一物的手指，喃喃說。窗戶西曬的陽光照在他的側臉上。他輕輕冷哼道：

「……倒不如死一死算了。」

聽到這番自言自語之後，比誰都要不知所措的就是岩本本人。他以錯愕的眼神激烈搖頭。

「沒有，不是。我一點也沒有真的想要死。我只是一時嘴快……請別告訴別人。」

那個別人，聽起來像是磯原奇拉拉。我和栞子小姐什麼都沒說。於是岩本打破沉默，開口說：

「我和磯原本來就講好了，如果我們兩人誰先死的話，剩下那個人就可以挑自己喜歡的遺物帶走。所以我拿走那傢伙的書也是沒問題的。都怪他母親說什麼回憶中的電玩書這種不可能的話，害我等了好久都無法拿走他的遺物。我月底需要用錢，這間公寓的租約也快要更新了……」

「請等一下。」

栞子小姐終於打斷他冗長的發言。

「說了不可能的話，這是什麼意思？」

岩本露出抽搐般的笑容。

「那還用說嘛，對方是磯原的老媽啊……你們不知道嗎？那個人認為自己懂的教育方式什麼的才是絕對正確。她怎麼可能買和教育無關的電玩書給磯原。」

我想起《遊戲與人類》。那就是磯原未喜走近兒子嗜好的結果。的確很難想像她會買與電玩遊戲有關的書。我們也一直感到不可思議。

「可是，說找到回憶之書的人，就是秀實先生他本人。」

「一定是那傢伙的惡作劇吧。他只是為了讓母親煩惱、期待看到她的反應。因為那傢伙骨子裡其實很惡劣。」

「什麼意思？」

「我以前也喜歡畫畫，不過我更擅長寫作和創作故事……」

「我沒有問那個。請回答我的問題。」

栞子小姐插嘴，不過岩本還是很囉唆地繼續說下去。

「哎，妳先聽我說完嘛……國中加入美術同好會的時候，那傢伙經常對我說，如果我出道成為職業小說家的話，他要為我畫封面。在那之前他會努力成為職業繪師。」很像國中生會立下的未來夢想，可是幾乎沒有人能夠實現吧。沒想到磯原秀實做到了，這位岩本也曾經是職業小說家——說實話我覺得很了不起。

「其實是那傢伙早我一步成為職業繪師。我後來也獲得小出版社的新人獎，確定出道。在和責任編輯商量之後，我請他幫我的輕小說畫插畫，結果他說太忙了沒辦法接稿。他明明比我更清楚輕小說的插畫對於銷售量有多大的影響……他說他會幫我畫加油圖，希望我就此放過他。」

「不是因為他真的很忙嗎？」

栞子小姐說出了和我一樣的感想。儘管如此他還是說了會畫加油圖，我覺得禮數夠周到了。

「才不是！」

他大喊著，一掌拍向旁邊的窗戶。玻璃發出危險的吱嘎聲響。

「我很清楚，那是因為人氣插畫家不屑和默默無聞的新人作家合作！」

房間裡一片安靜。岩本回過神來環顧四周。他似乎想起了自己沒有立場對朋友生氣。

「總而言之，我想說的是，這個世界上不存在挑不出錯處的完美『好人』……對了，有件事我想拜託你們。」

岩本挪動膝蓋緩緩靠近我們。

「我從那個家裡拿走書這件事，能不能幫我瞞著小奇？反正書也物歸原主了，收購費我也會負起責任；雖然沒辦法立刻還錢，不過我會把錢還給滝野書店。」

我們已經無心繼續聽下去，開始檢查起紙箱的內容物。仔細一看，雜誌底下似乎還有什麼東西。

「我不想傷害小奇。她認為我是值得信賴的人，她真的是很好的女孩。對我來說就像可愛的妹妹……」

從箱底拿出一本大尺寸的書，我瞠目結舌。這本書雖然與電玩遊戲有關，不過卻是我第一次看到的類型。原來也有這種東西啊。

「果然在……我就認為可能是這個。」

栞子小姐說。她似乎早就料到了。她把書拿在手裡檢查內容。也就是說，這該不會就是——

「岩本先生。」

她這麼一喊，合上那本書，收回紙箱裡。

「奇拉拉小姐信任你，是因為你是她尊敬的丈夫的死黨……而秀實先生約好要把遺物留給你，是因為他認為能夠把自己的珍貴收藏託付給你。如果先死的人是你，他一定也會好好保管你的遺物，即使生活再困苦。」

「妳又不認識磯原！妳沒見過他也沒和他說過話，不是嗎？」

「是的，我不認識他，也不曾有機會認識他。」

栞子小姐合上紙箱，緩緩站起來。

「可是，我相信會是這樣。很遺憾的是已經沒有方法證實我的想法是否正確……我們走吧，大輔。」

岩本說不出話來。

我抱著紙箱站起來。已經不需要繼續待在這裡了。我們離開公寓。直到關上門那一刻，岩本都像石頭般癱坐在地上一動也不動。

岩本健太後來怎麼了，我和栞子小姐都不曉得，他就這樣和所有人斷了聯繫。去他的公寓找他，才知道他已經搬走；查到他老家的聯絡方式，打電話過去試試，得到的回應是他已經好幾年音訊全無。

不過，滝野在新春年假一結束，正打算開門營業時，發現滝野書店的信箱裡放著裝了現金的信封袋，金額正好與付給岩本的收購費相符。

磯原奇拉拉沒有報案。岩本偷走丈夫的寶貝收藏並賣掉換錢一事固然可悲，但她怎樣也無法對他生氣。

「在丈夫的葬禮之後，我真的難過到想死。是他一直陪著我，煮飯給我吃，帶我出門散步……即使是家人也沒有人願意這樣照顧我。如果我有哥哥的話，就是這種感覺吧。」

這麼說來，岩本也說過奇拉拉就像他的妹妹。我一直解讀成他有不軌企圖，不過當中或許也包含真心的慰問與體貼。

那個男人說「不存在挑不出錯處的完美『好人』」時，我直覺後面還有沒說完的話。他或許還想說：「這世上也沒有完全邪惡的壞人」。

無論如何我們與他再無瓜葛。現在偶而用岩本健太的名字上網搜尋，也找不到他以小說家或寫手身份活動的痕跡。

好了，故事回到二〇一一年的年底。最後說說除夕這天早上，我們拜訪委託人磯原未喜時的情況吧。

「奇拉拉小姐也一起來了。」

被領進視野良好的寬敞起居室，磯原未喜立刻以生硬的語氣說。與其說她是在對兒子的媳婦說話，倒不如說是在要求我們解釋一下這情況。磯原奇拉拉挺直背脊，淺淺坐在沙發上。

「啊，是的。我也來了！」

她重重點頭，動作就像門把。從任何角度都看得出她很緊張。栞子小姐接著開口：

「秀實先生原本就打算與奇拉拉小姐一起帶著『回憶之書』過來這裡，讓您們兩位看看。奇拉拉小姐也不清楚是哪本書。」

儘管強調奇拉拉沒有隱瞞，不過委託人還是默不作聲。

「我們希望盡量按照秀實先生想要的方式實踐；因為帶著奇拉拉小姐一起來，應該也有他的用意。」

「什麼意思？」

「關於這一點，我待會兒再說明。總之……」

栞子小姐以眼睛向我示意。我把帶來的紙箱放在設計時尚的玻璃茶几上。我擔心放在茶几上會挨罵，不過磯原未喜什麼也沒說。紙箱的內容物當然就是從這棟豪宅寄到大船住處的磯原秀實收藏品——包括從岩本健太那兒取回的物品，以及幾冊放在秀實工作室裡、也有可能是回憶之書的書籍。

「接下來要請您過目的是秀實先生從小就擁有的電玩相關書籍。如果您有印象的話，請告訴我們。」

磯原未喜的雙手在面前合十，上半身往前傾。我從紙箱拿出古早的《BEEP!MEGA DRIVE》、《全勝PC Engine》創刊號，放在沒有半點塵埃的玻璃上。

「我沒印象有看過。」

磯原未喜搖頭。其他過期雜誌也一樣。接著是幾本電玩的漫畫版。委託人也沒有反應。奇拉拉眼睛閃閃發光，不過她判斷這氣氛不適合開口。

「……再來只剩一本了。」

我看著紙箱裡說。岩本賣掉換錢的，除了雜誌之外還有一本書。我一瞬間與栞子小姐四目交會。根據她的說法，回憶之書就是這本了——如果不是的話，我們所做的一切就是白費功夫。

我吸了一口氣，拿出那本書。

那是一本大尺寸的薄硬殼書，白色書封上印著《FINAL FANTASY V鋼琴譜集》的書名。書封上鏤空的圓洞裡裝著相同標題的CD。大概是因為包著塑膠書套，書的狀態非常好。

「咦？這是什麼！我第一次看到！我們家裡有這個？」

擠壓聲帶大叫的人是奇拉拉。她太興奮，雙手撐著茶几，越過我的肩膀看著書。

「這個叫CD書嗎？是那種東西嗎？這張CD是電玩配樂？」

「不是。」

栞子小姐搖頭。

「那張CD是範本……演奏用的。」

「演奏？」

直接給她看內容比較快。我翻開書。

印在書中的不是文字也不是插畫——是樂譜。

「這是鋼琴專用的樂譜集。把《FINAL FANTASY V》中出現的樂曲重新編曲改成適合鋼琴彈奏，也是適合鋼琴初學者的內容。出版是一九九三年。當時電玩音樂出版樂譜很罕見。在這冊鋼琴譜集之前與之後也出版過《FINAL FANTASY IV》和《FINAL FANTASY VI》，每一冊現在都因為稀有而有很高的價值。」

所以岩本才會把這本書連同過期的電玩雜誌一起偷走。他似乎完全沒料到這本書很有可能是磯原未喜買給兒子的。

「我聽到秀實先生曾在座談會上回應奇拉拉小姐的點歌，以鋼琴彈了《FINAL FANTASY V》的樂曲時，很介意一件事。」

我一邊聽著栞子小姐說明，一邊偷偷觀察委託人的反應。她沉默專注聆聽，沒有否認，代表這本書應該就是正確答案，但她似乎在擔心著什麼。

「根據奇拉拉小姐所說，秀實先生的耳力不好，無法光聽到樂曲就能夠彈奏，所以儘管小時候一直在練習彈鋼琴，卻沒有幾首記住的。也就是說，他在小時候曾經看著《FINAL FANTASY V》的樂譜練習。再加上這棟房子裡有鋼琴。」

今天前往起居室途中也看到了那架鋼琴。他一定是在那邊上鋼琴課吧。

「那怕是他再喜歡自己最早玩的電玩遊戲，對鋼琴沒興趣的秀實先生也不太可能特地拿為數不多的零用錢去買樂譜。既然如此，買樂譜的人就是當時教他鋼琴的末喜女士了……我想這恐怕就是秀實先生所說的『回憶之書』。」

所有人的視線集中在磯原末喜身上。起居室裡一片靜默。

「……對嗎？」

奇拉拉問。磯原末喜停頓了很長一段時間，才像是筋疲力竭般緩緩開口。

「的確是我買的。我心想，如果是這種內容，或許能夠引起他對鋼琴的興趣……因為我知道這是那孩子最愛的電玩的音樂。」

也就是說，她的心態與買《遊戲與人類》給兒子時一樣，無論如何都希望兒子接受自己認定的那種育才方式。

「可是我買了這個樂譜給他練習，那個孩子也沒有半點高興的樣子。他還曾經哭著說，如果要彈鋼琴，不如讓他打電動。所以我完全沒想到這本就是回憶之書。」

磯原末喜的聲音充滿愁悶。在她開口說話之前，整個人看起來就小了一圈。

「但是，這的確是回憶之書……討厭的回憶。他一定是想這樣對我說吧。學習其他才藝也全都是討厭的回憶。他對我一定也是一樣的討厭……」

「不是的！」

奇拉拉突然從沙發上跳起。嬌小的個子看來莫名的巨大。

「老師不是會說那種話的人！他連那種事情都沒想過。因為……」

她無法說完後面的話，雙眼滴滴答答落下眼淚。磯原未喜像是渾身的毒素被除去，從口袋拿出手帕遞給她。「不好意思。」奇拉拉帶著鼻音道歉並收下手帕。

「老師總是說，媽媽教了他許多東西。他雖然完全不懂意義何在，也被迫做了許多不想做的事情，但是那些才藝在後來的工作上給他很大的幫助……他說對於無法符合媽媽的期待，很抱歉。」

上繪畫教室成就了他的插畫工作；學語言和鋼琴幫助他與畫迷交流——的確有幫助；雖然與磯原未喜原先的計畫截然不同。就連對秀實先生幾乎一無所知的我都這麼想了，磯原未喜本人一定有更強烈的體會吧。

「他說他那個時候雖然討厭學才藝討厭得要命，不過有些時候如果只做喜歡的事，就不會學到東西了。他說以結果論，他認為自己因此累積了很好的經驗……」

母親的表情始終不見開朗。以兒子的立場來說，被迫學習的過程本身不值得高興。很好的經驗終究是結果論。

「他真的是真心那樣想的嗎？」

「會！他沒有必要撒謊啊！他是個溫柔又正直的人，這點婆婆您應該最清楚，不是嗎！」

看到婆婆儘管如此還是一臉陰鬱，奇拉拉似乎很焦急。她扯下我手上的書，氣勢洶洶地翻開書頁，翻到某一頁拿給婆婆看。

「這個！這首樂曲！《遙遠的故鄉》！剛才篠川小姐提到的座談會，如果老師沒有彈我點的這首曲子，我們就不會結婚！這都是多虧了婆婆您……啊，可是，所以他因此和我結婚了，這樣子婆婆不開心……不過老師很樂意……」

講到一半方寸大亂。磯原未喜來回看著苦惱的奇拉拉和翻開的書頁，終於突然露出微笑。

「妳真是個怪孩子。」

她拾起掉在茶几上的手帕站起來，擦掉奇拉拉還殘留在臉頰的淚水。

「……和秀實真像。」

我也注意到了。栞子小姐把秀實先生的妻子帶來這裡，就是為了讓她說出這番話。磯原秀實一定也希望她們婆媳兩人的關係能夠好轉。

磯原未喜把書拿在手裡，低頭看向樂譜。

「這首曲子我也記得……我雖然完全不懂電玩遊戲，不過對這個旋律印象深刻。秀實也很喜歡，我們經常一塊兒練習。」

「我也很喜歡……因為這是我最重要的回憶樂曲。」

奇拉拉這樣回答。磯原未喜突然抬起頭。

「如果可以的話，我現在去彈彈看吧。」

「咦？可以嗎？」

「鋼琴前一陣子剛調過音。我最近不太彈琴了，所以不知道能不能彈得好。」

奇拉拉留著淚痕的臉上綻放無憂無慮的笑容。婆婆似乎因為那抹笑容太耀眼而瞇起雙眼。

「請務必讓我聽聽！要去客廳對吧？」

她已經朝門口方向走去。抱著樂譜的磯原未喜也連忙跟上。

「等一下，妳冷靜點……」

我和栞子小姐面面相覷。這麼說來，我也沒聽過那首曲子的鋼琴版。這是個好機會。

我們比她們兩人晚了一點，也跟著站起身。

＊

「……故事到這裡結束。妳覺得怎樣？」

栞子等著紅綠燈，一邊問。故事變得太長了，所以她們開著廂型車離開停車場，準備前往大輔位在大船的老家去找書。

「很有趣！」

聽到坐在兒童座椅上的扉子的感想，栞子姑且放心了。這個故事比起《枳花》有更多可以透露的部份。不能提到人名或許影響很大。

現在磯原奇拉拉過得如何了呢？栞子只有間接聽說。聽說她在公司上班，同時也繼續cosplay，仍然住在大船的房子裡。告訴栞子這些事情的是磯原未喜。從那次之後，她們婆媳兩人的關係變得還不錯。

「能夠讓原本感情不好的人變成感情好，書大人真的好厲害啊。我也要多讀一點才行！」

琹子垂頭喪氣垮下肩膀。不是啊，她的用意是希望扉子對人際關係產生興趣。

（是我說故事的方式不好嗎？）

講述與書有關事件的來龍去脈，恐怕是大輔比較拿手。琹子也曾經試著仿效他，但效果不彰。

紅綠燈變成綠色後，在松竹前十字路口向左轉。這個十字路口的名稱由來是因為大船有電影拍攝片場。大輔的老家就在那附近。

琹子把廂型車停在隔壁房子拆除之後改建的停車場裡。拿著玄關鑰匙的扉子一如往常地奔出車外，想看看收納在舊食堂裡的舊書庫存。

過去曾是五浦食堂的建築物與開店當時一樣沒變。大輔結婚時曾經提過要賣掉或改建這裡，不過最後還是保留原貌。大輔的母親惠理現在也仍住在這裡的二樓。今天是休假日，她似乎不在家。

「店長？」

在門口聽到有人喊自己，琹子一回頭，就看到一位高個子短鮑伯頭的年輕女子站在那兒。牛仔夾克搭配窄版牛仔褲，很適合她乾淨清秀的長相。

「啊，小菅小姐……前幾天麻煩您了。」

栞子低頭鞠躬，小菅奈緒露出白牙微笑。

「不會，我才是麻煩妳了。妳讓我留宿，還請我吃早餐。」

栞子與小菅奈緒是因為小山清的《拾穗・聖安徒生》一書偷竊事件而認識。當時她還是高中生，現在已經是研究所學生。聽說她正在攻讀比較文化學。

她與栞子的妹妹文香就讀同一所高中，三年級的時候同班。畢業之後也一直保持往來。前幾天在鎌倉舉行同學會，她幫忙送喝醉的文香回來，順便留下來過夜。

「你們是為了店裡的工作過來這裡嗎？」

「也不是，我是來拿丈夫忘了帶走的東西……妳呢？」

「我是要去打工。就在那家餐廳。我今天沒課。」

奈緒指著對街的老餐廳。這麼說來，栞子記得她提過她在那邊打工。

兩人都帶著僵硬的笑容不知道該說什麼。這情況已經算不錯了，她們以前每次見面都沒怎麼聊天。栞子隱約覺得雙方合不來。

「啊，是奈緒姊姊。妳好！」

扉子從建築物裡探出頭來，手裡抱著大尺寸的薄本——《滿是泥巴的老虎——宮崎駿的妄想筆記》。那是舊書庫存的其中一冊。大概是被圖畫吸引了吧。

「嘿，最近好嗎？」

奈緒笑著說。不用敬語時，她的語氣就像個男孩子，這個習慣從以前就有。扉子也微笑。

「嗯，我很好！那就再見了！我要去看書大人了。」

扉子迅速結束對話退場；似乎是覺得比起與人交談，她更想看書。奈緒愣住。栞子連忙說：

「別碰店裡的書。快放回原處！」

沒有回答。

「抱歉。」栞子向奈緒道歉。

「不，沒關係……那麼我走了。」

打完招呼準備離開的奈緒突然停下腳步，以嚴肅的表情轉過身來，似乎是想起什麼重要的事。

「妳最近有與志田老師聯絡嗎？」

志田是住在藤澤市鵠沼河邊的流浪漢兼背取屋。是奈緒以前偷走的《拾穗・聖安徒生》的書主，案子解決之後，奈緒經常在河邊與志田聊書，兩人成了好朋友。奈緒現在也仍充滿敬意地稱他「老師」，不過志田並不是真正的學校老師。

事實上他的本名也不是志田；他因為有金錢糾紛而搞失蹤，並使用假名隱匿身份。即使現在已經知道他的本名，栞子他們還是習慣繼續叫他志田。

「前天收到他從北海道寄來的繪圖明信片。他好像從上個月起都在旅行。」

聽到栞子的回答，奈緒臉上立刻充滿安心的表情。

「太好了。前一陣子我寄給他的包裹因為收件人不在被退回來。老師家也沒人接電話。他現在還是沒有手機，所以想要聯絡他也沒辦法……我一直很擔心啊。我心想他是不是又搞失蹤了。」

與奈緒相識的翌年，志田突然回到住東京的妻子身邊；他不再搞失蹤，決定回家，但是在奈緒看來是他「失蹤」了。直到他們再次恢復聯絡為止，她持續找了志田好幾個月。

「如果是去旅行的話那很好。那麼我告辭了。」

說完，奈緒離開。

栞子目送她踩著輕盈的步伐遠去的背影好一會兒之後，才進入當作倉庫使用的五浦食堂。在昏暗的店內，不鏽鋼製的書架排列成楔形。沒有撤走的櫃台和廚房設備還勉強殘留著食堂的氣氛。

這個五浦食堂與文現里亞古書堂有著奇妙的緣份。不只是栞子和大輔，許多愛書的人從幾十年前就與這兩家店有關係。而經過漫長歲月之後，這家食堂如今成為文現里亞古書堂的一部份。

只要栞子等人繼續經營下去，今後愛書的人也會持續與北鎌倉的舊書店店面、大船的前食堂維持著關係吧。而這當中的第一人——扉子正站在不鏽鋼書架前面。剛才拿在手裡的《滿是泥巴的老虎》已經好好放回書架了。

她的食指抵著額頭正在思考什麼。這動作當然不是有人教她，只是正好和栞子思考舊書相關事情時的姿勢一模一樣。

「……《雪之斷章》。」

突然說出口的話讓栞子嚇了一跳。那是佐佐木丸美的懸疑小說書名。這個孩子要讀那本書似乎有點太早。

「《雪之斷章》怎麼了？」

「……我記得聽文香阿姨和奈緒姊姊提過那本書，就是她們在我們家過夜吃早餐時。我只聽到這本書的書名，不過……那個，她們說了什麼呢？」

這麼說來，栞子記得她們兩人在客廳裡的餐桌前吃飯時聊的內容。文香抬頭挺胸驕傲地說：「我前一陣子讀到最後一頁了。」奈緒就露出沒好氣的表情。

「我說妳啊……志田老師給妳那本書不是在高中時嗎？妳已經看幾年了啊。」

這麼說來，栞子聽奈緒她們提過一個與《雪之斷章》有關的故事。那是在認識志田的高中生們收下《雪之斷章》這本書之後的故事。

「她們只是在說自己讀完了。因為那是很有趣的小說。」

「原來如此。是什麼樣的故事？有像剛才那種，跟書大人有關的故事嗎？」

栞子陷入沉思。奈緒他們高中時代的故事最好不要讓太多人知道。不過當事人們也沒有特別交待不准說；只要不提及人名、改掉細節，應該就不會知道是在講誰了。

「關於《雪之斷章》這本書，媽媽也知道一個故事。妳想聽嗎？」

「嗯，想聽！」

扉子有問必答。兩人移動到食堂的櫃台前，坐在海綿已經硬化的圓椅子上。總之等一下再找大輔的書吧。

「這個故事啊，是關於送《雪之斷章》這本書的人，以及收下書的人……」

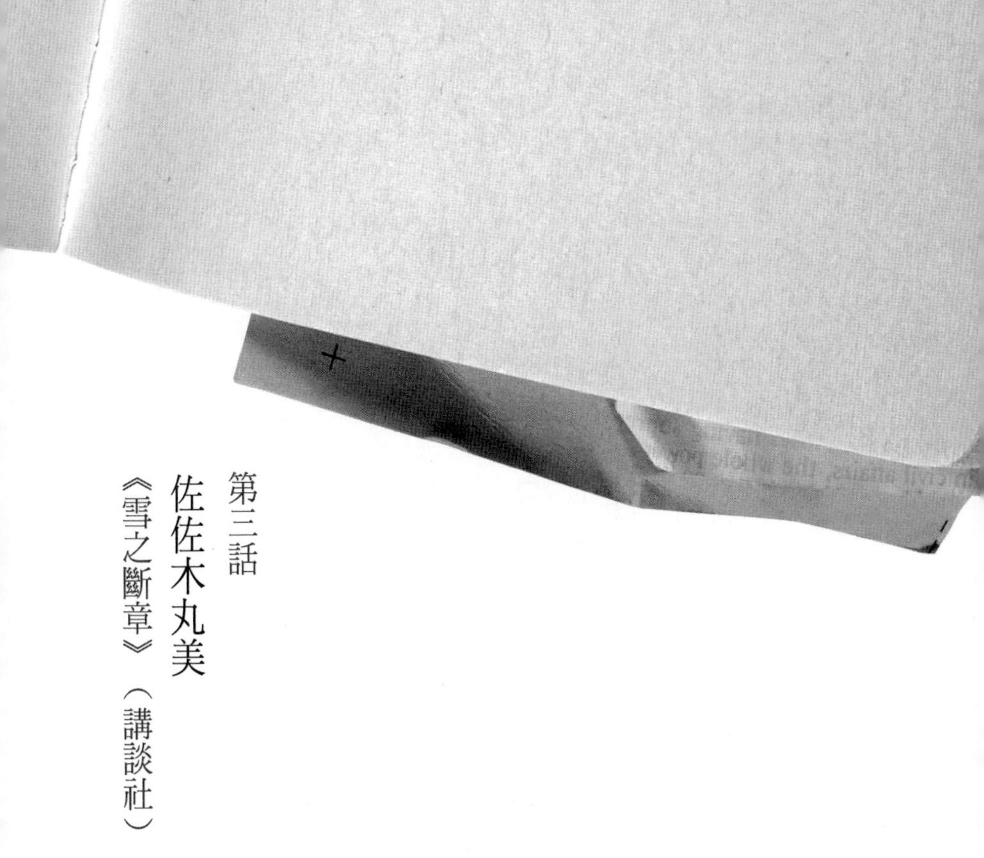

第三話

佐佐木丸美

《雪之斷章》（講談社）

大船車站商店街的摩斯漢堡一進入暑假就多了許多年輕客人；因為附近補習班的考生會利用這裡吃飯和自習。當然，如果在店裡待太久，就會被警告。

現在是二〇一一年的八月。

一開店的同時就進入店內的小菅奈緒和篠川文香，肩上掛的包包裡塞滿了課本、筆記本和辭典。她們兩人都是高三生。但是吃完早餐後拿出來的卻是與大考完全無關的書。

佐佐木丸美的《雪之斷章》硬殼書。書封上印著少女和動物躺在草原上的插畫。發行者是講談社。這本是幾十年前出版的初版書，書封邊緣有磨損。

「畢竟這已經是很久以前的小說，要說故事很老套也的確很老套，尤其是剛開始的部份。」

小菅奈緒以手指輕敲書封，開始說起。

「故事舞台是北海道的札幌，主角是無父無母的小女孩。她在公園裡迷了路，被型男大學生撿到送去孤兒院，故事就從這裡開始。主角上小學之後雖被有錢人家收養，卻在那個家裡遭受嚴重的霸凌。某天她終於受不了離家出走，再度巧遇已經出社會、在札幌工作的型男大學生。於是兩人開始一起生活……」

「……那個男人沒問題嗎？是不是有什麼奇怪的嗜好啊？」

「沒有啦笨蛋。他純粹是想要幫助主角，所以開始養她。那個男人也有個型男死黨，那位死黨也把女主角當成妹妹般疼愛。後來隨著主角長大，彼此的心意逐漸改變。」

文香晃著紮成馬尾的頭髮，上半身往前探。

「哦哦，好像很有趣……可是發生殺人案了對吧？」

「畢竟是懸疑小說嘛。」

「為什麼開場是愛情故事，卻有人死掉？」

「妳看了就知道嘛。妳不是也有這本書嗎？」

「話是沒錯，不過我們是考生欸？讀這麼厚的書很累又很花時間……然後呢？最後怎樣了？」

她毫不猶豫地直接問推理小說的結果。奈緒驚呆了。

「妳啊，真的對書沒興趣欸。明明是舊書店的女兒。」

去篠川家玩就會看到不只是店裡，連主屋也到處都是書；廚房和盥洗室也堆了好幾冊。唯一的例外就是文香的房間。

「對！妳說對了！」

哈哈哈——文香開朗大笑。我又不是在稱讚妳——奈緒差點要懷疑自己了。

「我也很驚訝自己居然對書完全不感興趣。為什麼志田大叔要送我這本書呢？」

文香從自己的包包拿出另一本《雪之斷章》放在桌上。那是黃色封底的創元推理文庫，也是最新發行的版本。

「志田老師說，他每次只要買到這本書，就會送人當禮物。」

她在河邊聽他本人說的，就是在三個月之前——也就是五月初他送這本書給奈緒時。

「我想同樣覺得有趣的書，也會分成想要自己獨享的書，以及想要推薦給他人的書這兩種類型。」

她回憶起志田望著水面橋樑倒影，心平氣和說話的樣子。他是一如往常的光溜溜和尚頭，穿著印有英國國旗的T恤。那片河岸地總是寧靜，幾乎不見其他人影。

「佐佐木丸美有一批很死忠的書迷，不過她的作品卻絕版了很長一段時間。有人說那是作者的意思。那或許也是原因之一。我希望能夠讓更多人看到他們沒發現的佳作。我尤其喜歡作者的處女作《雪之斷章》……每次在舊書店看到就會買下，送給還沒讀過的人。作者過世之後，主要作品都重新出版了，不過我還是會不自覺地持續送書。」

說完這些話不到兩個禮拜，志田就從原本居住的橋下失去了影蹤。後來回頭想想，他當時似乎心事重重，送《雪之斷章》時或許已經決定離開。這本書可能藏著某些訊息——這些想法始終盤旋在奈緒的腦海中。

「哎，總之和志田大叔聯絡上，真是太好了。」

奈緒的手機收到志田的來信是在前天。他以艱澀的文字寫著表示「我想要和之前很照顧我的奈緒打聲招呼，所以最近有沒有時間見面呢？」的內容。

於是他們選在補習班夏季講習開始之前的時間，約好今天上午十點在車站前碰面。離見面時間大約還剩一個小時。也上相同講習的文香也打算一起去見志田。

「嗯，知道他沒事很好。不過在那之前我有事情想告訴妳。」

特地要文香提早到大船來，就是這個原因。奈緒想把那件事告訴文香，聽聽她的意見。

奈緒從包包裡拿出另外一本《雪之斷章》放在桌上。這本也是講談社的初版書，不過書況比較好。

「為什麼妳同樣的書有兩本？」

文香訝異睜大雙眼。

「只有我拿到兩本。」

奈緒回答。

「為什麼？」

「不知道。」

「咦？兩本都是志田大叔給妳的吧？他給妳第二本的時候，妳怎麼沒問？」

「因為我沒有機會問他。我現在要說的正是這件事。」

奈緒在椅子上重新調整坐姿。不過該從哪裡說起好呢？她有些難為情。

「志田老師好像還有一個像我這樣的『門徒』，會和他一起在那個河邊聊書……妳聽說過嗎？」

「咦？沒有，完全沒聽說過這件事。」

文香搖頭。

「對方是什麼人？高中生？」

「嗯……好像不是我們學校的。聽說是高二。」

「比我們小一個年級啊。女生？男生？」

奈緒一瞬間答不出口。她也知道自己的臉頰有些燥熱。

「是男生。我也想把那傢伙的事情一併告訴妳。」

奈緒初次見到紺野祐汰是在剛進入五月，收到志田送的《雪之斷章》那天。她在河邊聽著佐佐木丸美的故事時，發現橫過河面的橋樑倒影出現了某個人的上半身影子。影子就這樣動也不動，從橋上往下看著奈緒和志田，似乎在偷聽。奈緒雖然覺得不高興，卻沒有抬頭；她認為如果回瞪對方，搞不好會給志田帶來麻煩。

雖說這裡很安靜而且鮮少有人經過，不過這個河邊還是位在住宅區的範圍內，從橋上能看到他們，從人行步道、河岸旁的住家也都能夠看見他們。

志田曾遭人蓄意找碴；雖然奈緒當時不在現場，不過聽說有時是他的私有物品被弄得亂七八糟，有時是有人叫警察過來。聽到這些事情，奈緒很氣憤，但也都讓被害人志田安撫下來。

「是我未經許可住在這裡，有人認為我很礙眼也是無可厚非。這些損失比起付房租便宜多了。」

志田平時受到冷眼看待也不反擊，言行舉止都盡量低調。但是那一天不同。志田瞥了一眼橋上的人之後，突然大大揮舞雙手。

「喂！你好！」

對方似乎是他的熟人。奈緒也跟著伸長脖子看過去。對方愣了一下離開欄杆邊，從他們的視線範圍內消失。

因為只有一瞬間，沒有看得很清楚，對方似乎是個高中男生；身形纖瘦，膚色白皙，下巴附近有個核桃大小的紅色胎記。

「怎麼搞的，還是一樣害羞欸。」

志田苦笑。那是奈緒不認識的人。

「剛才那位是誰？」

「……我認識的人。」

奈緒很驚訝。遊走各家舊書店的志田人面很廣，不過奈緒一直以為他不認識其他與奈緒同年的人。

「他住在附近，有時會過來這裡。」

再進一步追問，志田也只是含糊回答，似乎有什麼苦衷，所以奈緒也就沒再繼續問下去。

那天是最後一次與志田見面。

奈緒去河邊的時間並無固定，大致上是一週一次，在沒有其他事情要忙的下午到傍晚時間會過去走走。志田常常出遠門去採購，所以兩人錯過也不是什麼罕見的情況。

他們兩人經常互相借書。志田住的塑膠布小屋附近有個冰桶，碰不到面的時候，就把書放在那裡面，這是他們的習慣。

進入五月之後，奈緒曾經去了河邊兩次都沒有遇到志田，當時倒也沒懷疑，頂多偏著頭心想：「老師可能很忙吧。」自己借給志田的書早在不知不覺間全數還回來了，她也沒注意到。

但是，到了五月下旬的週日，奈緒傍晚來到河邊時，錯愕愣在原地。

原本在橋下的小屋撤走了。志田平時用來移動的腳踏車也沒看見。志田原本住在這裡的痕跡消失得一乾二淨。

（發生什麼事了？）

奈緒終於確定。是搬家了嗎？——如果真是這樣，沒有聯絡奈緒也很詭異。或許是因為某些原因長期不在家，所以東西被市公所搬走了。

總之志田不再住在這裡。也許有人曉得這是怎麼一回事，比如說文現里亞古書堂那些人。

奈緒拿出手機發郵件給文香，信中寫到：「志田老師不見了。妳知道些什麼嗎？」還附上橋下的照片。就算文香不知道，她應該也會幫忙問問篠川栞子或五浦大輔。

文香不一定會立刻回覆。奈緒決定先調查小屋原本的所在位置。正要走向橋下，突然感覺背後有人。

「請問……」

一聽到男子的聲音，奈緒猛然回頭。水泥磚砌成的緩坡處站著一位身穿白色T恤和灰色開襟羊毛衫的小個子男孩；男孩的年紀大約是高中生，秀氣的輪廓還殘留稚氣，有光澤的細髮蓋著額頭。下巴附近有個核桃大小的紅色胎記。

「妳是半個月之前在這裡的人吧？和大叔一起的。」

他以好聽的嗓音主動開口。只是視線有些四處亂飄，令人有點介意。

「你是指志田老師？你當時從橋上看著我們吧。」

「是的。我當時沒有想到還有其他人在，所以嚇了一跳……不好意思。」

他低頭鞠躬。奈緒還是沒有放鬆警戒。他為什麼會突然出現在這裡？話說回來，這個人到底是誰？

「啊，我叫紺野祐汰。我住在那邊的大樓。」

他報上自己的名字，指著對岸的方向。從這裡雖然看不見，不過那兒正在蓋很高的大樓。

「我和志田大叔經常在這裡聊書……我聽過一些妳的事情。大叔說：『有個女生經常過來找我，和我聊你也會和我聊的話題。』」

對方突然以強烈的視線看過來，奈緒逐漸失去平靜所以轉開視線；她還不習慣被男生這樣一直盯著看。

「你找我有事嗎？」

「志田大叔要我轉告妳……」

奈緒一口氣縮短與對方的距離。她的身高比對方高五公分。紺野被這股氣勢嚇得後退一步。

「你知道老師去哪裡了嗎？」

「不知道。不過，他有提過可能會從這裡搬走。我原本以為是在開玩笑，一個不注意才發現他真的消失了。」

「原因呢？」

「他沒有告訴我。他只說妳應該會在這個時間過來這裡，希望我代為傳話……所以我每天都會過來這裡找妳。」

想問的事情很多，不過奈緒一口氣全忍住了。先聽過傳話內容再說。

「……冰桶裡，好像放了禮物。」

紺野說。奈緒衝下斜坡，找遍橋下每個角落，在不易被人發現的橋墩暗處找到一個小小的冰桶。那是他們用來互相借還書的工具，以前就放在那裡。

打開鎖掀開蓋子，裡頭放著一冊硬殼書——《雪之斷章》，是最早的講談社版。與志田不久之前送她的一樣。翻開扉頁一看，志田那風格特殊的字體飛揚。

謝謝

這究竟是什麼意思？以道別來說未免太冷漠。為了謹慎起見，奈緒也快速翻閱其

他書頁檢查。正文、後記和出版品廣告都沒有寫字。版權頁寫著初版，發行日期是昭和五十年十一月十二日。

「裡頭裝了什麼？」

奈緒把《雪之斷章》的書封拿給跟過來的紺野看。

「似乎是老師給我的禮物。但是他之前已經送過我這本書。老師喜歡把這本書送很多人。」

「原來如此……」

紺野像是想到了什麼，輕輕一拍手。

「啊，這麼說來，志田先生也送過我這本《雪之斷章》。」

「他沒有送你兩本吧？」

「沒有。」

奈緒陷入沉思。人突然失蹤、同一本書還送了兩冊、別具深意的訊息——怎麼想都覺得不對勁，有太多難以解釋的地方了。

這時，口袋裡的手機振動。奈緒拿出手機一看螢幕，是文香寄來的信。「我不知道。姊姊他們也說沒聽他提過。這是怎麼一回事？」

奈緒將冰桶按照原本的方式蓋上，離開橋下。太陽已經開始西斜。照射河面的陽光染上淡淡的紅色。

「怎麼了？」

「我要去找老師。」

奈緒告訴對方自己的決定。不管發生什麼事，志田都有辦法自己應付，畢竟他是大人了，奈緒也沒有必要為他擔心。她只是無法接受兩人再也見不到面這件事。她應該有資格追問原因。

「如果你能夠再多告訴我一點訊息，對我會很有幫助。例如：你們最後一次見面的情況。」

「好，我很樂意幫忙。」

紺野立即回答。兩人在河岸斜坡坐下。那是奈緒和志田平常並肩坐而坐的位置，或許也是紺野和志田平常坐的位置。

「那個，如果可以的話，我也一起幫忙找吧？我想和志田大叔見面、聊書，希望他教我很多東西……我遇上不愉快的事情那一陣子幸虧有志田大叔的幫助，才能夠熬過來。」

奈緒心想——和我一樣。

奈緒曾經偷走志田最寶貝的《拾穗．聖安徒生》那本書。她為了送禮物給同班男生，必須借用文庫本裡的書籤繩。但是，禮物沒有被接受。

她向志田道歉的同時，也一併對他吐露心中的痛苦。後來每次有煩惱時，他都會在這裡傾聽。紺野一定也是這樣。

「好。我們一起找。」

奈緒點頭，紺野不假思索地拿出自己的智慧型手機。

「請和我交換聯絡方式。還有……」

他難為情地笑了笑。奈緒的胸口怦然一動。

「我們已經聊了一會兒，我現在才問，真是不好意思，方便告訴我妳的名字嗎？」

「後來，我們兩個人大概一週一次，會去老師出入的舊書店等地方找找……呃，妳怎麼了？」

奈緒湊近看向對方的臉。只見目瞪口呆靜止不動的文香像是詛咒突然解開，一掌拍向摩斯漢堡的桌子。

「我第一次聽說那個男生的事！這是怎麼一回事！」
「吵死了。妳安靜一點。」
奈緒提醒。上年紀的男性客人瞪著她們這邊，似乎受到打擾。
「……妳為什麼之前都沒提過？妳不是老在說妳在找志田大叔嗎？」
文香降低音量問。
「因為紺野似乎不希望別人知道他和老師有來往，所以我也就沒有主動提起這件事。」
她沒有撒謊。不過不只是這樣，一方面也是她不太想告訴別人自己和紺野祐汰見面的事；因為她想把這件事當作自己專屬的祕密。
「原來小奈在我不知情的時候，每週與嫩男相會啊……光聽到就覺得這是超級刺眼的大閃光。考生的眼睛受不了……」
文香皺著臉朝向窗外，差點要捏起鼻子了。
「我們又沒有……」
「別再繼續往下說！拜託妳別說！」
奈緒正想否認，就被文香伸出的兩隻手牢牢遮住嘴巴。

「『我們又沒在交往』或『我們只是兩個人一起外出而已』這些話，我聽姊姊和五浦哥說就聽夠了。你們雖然沒有在交往，但我知道妳對對方有那種心思。我不再吐嘈了，妳繼續說下去吧。」

明明先開始鬧人的是文香，不過奈緒無法反駁；隨著兩人見面次數逐漸增加，她也的確對紺野有了別的心思，同時也開始覺得有些不對勁。

「紺野非常清楚老師出入哪些店。我問過他為什麼知道得那麼詳細，他說：『大叔曾讓我看過帳冊。』」

「帳冊？」

「就是寫著他在哪裡以多少錢交易舊書的記事本，平常都收在小屋深處。」

「志田大叔沒讓妳看過吧？」

「嗯，老師從來不對我提錢的事情。」

奈緒認為那是因為他過著刻苦生活，不希望年紀比自己小的她替他擔心。然他對紺野卻不是如此。

「我覺得有些不開心。嗯，算是嫉妒吧。有個比我更親近老師的『門徒』在……可是我也因此注意到其他事情。紺野明明很清楚老師出入的店家，為什麼在遇到我之前不先去打聽呢？」

「啊，的確。這個問題妳問紺野了嗎？」

「他說是因為他不習慣與陌生人說話，花了不少時間才做好心理建設……我想他不是在撒謊。」

奈緒在心中想著紺野下巴附近的紅色胎記。她不太在意，甚至認為那個胎記使他稚氣的長相更添成熟氣質，所以她還滿喜歡的；不過她絕口不提胎記的事；不管別人怎麼想，當事人很在意也是正常的。

他能夠鼓起勇氣與初次見面的奈緒搭話，雖說是志田的請託，不過老實說奈緒還是覺得很開心。

「妳對紺野有什麼想法？」

「妳這樣問……」

文香交抱雙臂仰望天花板，就這樣停頓了很長一段時間。看看放在桌上的手機，距離與志田碰面的時間還剩不到三十分鐘。

「我不認為他是壞人，但是……與其說紺野奇怪，我覺得志田大叔不提紺野這件事更奇怪。」

「……妳也這麼認為。」

奈緒夾雜著嘆氣喃喃自語。果然在第三者聽來也是這麼覺得。

「他和老師真的只是在河邊聊天的關係嗎……除了那傢伙自己說的話之外，沒有其他證據可以證明。老師只說他是有時會過來這裡、認識的人。老實說我連他住在哪裡都不知道。他也不說自己唸哪一所學校。」

奈緒一一列舉出可疑之處，但真心話卻是不想懷疑他。紺野總是穩重溫柔，雖然不想提自己的事情，卻總是很有耐性地聽奈緒說話。奈緒認為他不說學校和家裡的事情也不是有惡意。

「小奈，妳認為紺野和志田大叔是什麼關係？」

這次換奈緒陷入沉思。

「……以前的舊識或親戚。」

「啊——原來如此。」

文香點了好幾次頭。

「因為志田大叔絕口不提以前的事情。例如：家人之類的。」

奈緒感覺志田有著不願提起的過去；她認為就是因為他曾經給人帶來麻煩或傷害，

所以不管自己對他做什麼，他都能夠包容。

「可是現在說的只是小奈妳的想像吧，不是紺野自己這麼說的。」

如果是十天前的奈緒，只要有任何人懷疑紺野，她一定也會以同樣的話反擊——那只是你個人的想像吧？——現在她卻無法如此確信。她忍不住會產生其他想法。

「紺野的確沒說那種話，我也不認為自己的想像絕對準確……但是那傢伙有所隱瞞、他在撒謊，這是千真萬確的。」

奈緒會發現的起因是《雪之斷章》。

奈緒與紺野大致上是一週見一次面，不過不是每次見面就會在一起好幾個小時。他們會在最近的車站集合，再一起前往志田出入的舊書店等地方打聽；最長頂多是一個小時，彼此也沒有太多機會聊天。

結果不管到哪裡都沒有人知道志田的消息。在夏天到來時，紺野知道的業者已經全都打聽過一輪了。

兩人再也沒有一起外出的理由。如果就這樣彼此都不開口的話，他們關係將會就此結束。

奈緒不想和紺野斷了關係。但身為考生的她也沒有太多的時間與男生出遊；就這次模擬考的成績看來，她能否考上第一志願的大學很難講。她必須把大部份的時間都用來唸書才行。

但是，在英文閱讀測驗寫累了的空檔，朝補習班走去的時候，她總會突然想起紺野白皙的臉龐。

兩人就這樣不再見面的話，她不會後悔嗎？

紺野寫信來是在七月中。正好是期末考結束的不久之後。

『如果方便的話，下個週末要不要和我聊書呢？』

這麼說來在志田失蹤之後，她就沒有機會與人聊書了。就當作是放鬆一下吧——她這樣告訴自己並回覆ＯＫ。他們決定討論兩人都讀過的《雪之斷章》。

下個週六，他們在藤澤車站會合，前往Mister Donut。店裡有很多客人，於是兩人先去二樓佔位子，紺野負責去買兩個人的飲料。

紺野用來佔位子的是從自己包包拿出來的《雪之斷章》。與奈緒從志田那兒獲得的書不同，那是講談社版的舊文庫本。雖然沒有書腰，不過書況很好。志田挑了這樣的書送給紺野啊。

奈緒突然拿起書翻看。在正文和解說之後有作者簡介和著作一覽表，下一頁是版權頁。一九八三年十二月十五日發行的初版。奈緒得到的兩本硬殼書都是昭和五十年發行的初版——雖然兩個人拿到的都是初版書，不過昭和五十年是一九七五年，所以比硬殼書的出版晚了八年。

聽說大致上來說，文藝書的舊書是以最早發行的版本比較珍貴。也就是說奈緒所擁有的硬殼書比較——

（我是笨蛋嗎？）

她靜靜合上書。沉浸在這麼無聊的優越感裡有什麼意義呢？志田只是順手把手邊碰巧有的版本當作禮物而已，不可能是為了顯示奈緒與紺野的不同。

奈緒將自己的兩本《雪之斷章》放在桌上，這樣一來完全相同的小說就有三冊。她想可能會聊到志田，所以把寫著『謝謝』那本也帶了過來。

這麼說來，志田送奈緒兩本《雪之斷章》的原因還是不清楚。志田已經失蹤兩個月了，結果尋人任務還是沒有半點進展。

（要不要找文現里亞古書堂商量看看呢？）

這個想法之前就浮現腦海多次，但文香已經幫忙確認過篠川栞子和五浦大輔都不知情，而且那家店現在正處於多事之秋；大輔之前捲入太宰治《晚年》初版書事件受了重傷；聽說最近還因為莎士比亞相關舊書引起軒然大波。似乎不是拿這種事情去打擾的時候。

事實上她不想找他們商量還有一個原因，就是奈緒不知道要如何與店主篠川栞子相處。篠川栞子或許會協助解開謎團，但感覺上與謎團無關的事情也會一併被看穿。例如：奈緒與紺野微妙的關係等等。

找文現里亞古書堂出面，是她想要盡量避免使用的最後手段。

「讓妳久等了。」

紺野開朗地說，把兩杯冰咖啡歐蕾放在桌上。他今天也是一如往常的好心情。奈緒正要付錢，他說：「不用。」並且帶著耀眼的笑容把錢推還給奈緒。

「就當是謝禮。我之前就想和小菅學姊聊這本書……所以我今天非常開心。」

「這、這樣啊……嗯。呃，我才要道謝。」

奈緒心裡無比訝異，連講話都顛三倒四了。她偷偷深呼吸，試圖穩住情緒。去年經歷失戀的打擊之後，她對於別人若有似無的好感就變得格外謹慎；紺野的「非常開心」或許不是因為對象是奈緒，而是因為能夠聊這本書。

「佐佐木丸美的小說中，我最喜歡《雪之斷章》。」

「我也是。」

志田也這樣說過。有人說作家的處女作最能夠突顯作家的資質，不過佐佐木丸美給人的這種感覺格外強烈。

「這本雖然是懸疑小說，不過整體來說就是主角飛鳥的成長故事，也就是一位女性從懂事到成為大人的歷程。」

「女主角似乎也是作者本人的分身。聽說她在寫這部作品時仍是大學生。」

「這點在後記裡也有提到。作者寫到：『在寫飛鳥時，我自己也一起活在稿紙裡。』」

紺野愛不釋手地摸摸自己的書。

「我覺得這句話寫得很棒。」

「……我也有同感。」

奈緒隱約覺得不對勁。今天的紺野很多話，和他聊天很開心，不過他原本就是這樣的人嗎？或許這樣的他才是真正的紺野。

「以小說來說也十分有趣，不過我覺得有些解謎要素太便宜行事了。雖然發生殺人案也找出兇器，但我好奇那種安排真的能夠實際執行嗎？……還有警方的搜查感覺也有點不夠嚴謹。」

「我對那個部份也是那樣覺得！」

紺野興奮地重重點頭。

「我還想說，警方怎麼會忽略那種地方……再來就是，會在那種狀況下殺人原本就很不合理。可以確定他們之中的某個人一定會被懷疑。事實上主角飛鳥就是第一個被懷疑了。」

「我也想過女高中生要弄到那個兇器很難吧……在這本小說裡，飛鳥的行動比起殺人案如何發展更令人擔心，不是嗎？一句不經意的話就會刺傷她、讓她離家出走好幾天……」

「沒錯沒錯。因為殺人案受到打擊而突然放棄大學入學考試，諸如此類的發展十分緊湊。沒有人知道這個人的下一步會做什麼。她既固執又有突如其來的行動力。對於絕對不該沉默的事情也堅持沉默到最後一刻。」

「她身邊的人想必很辛苦吧，如果真有這種人存在的話。」

奈緒笑著喝下一口冰咖啡歐蕾，突然想起自己去年惹出來的風波——突發奇想偷走志田的文庫本，給人添麻煩的是誰呢？

「欸，想想我去年惹出來的事情，我也沒有資格指責別人。」

紺野眨眨眼。他的反應很奇怪，看來似乎不曉得奈緒的過去——不對，他或許真的不知情吧。奈緒自作主張認為他一定從志田那兒聽說過，不過她也很難想像志田會到處長舌別人不光彩的行為。

奈緒放下杯子輕輕咳了咳。儘管那件事很丟臉，還是趁著這個機會告訴他吧，反正他總有一天會問起：「妳是怎麼認識志田的？」與其到時候才解釋，不如現在先坦白。正欲開口時，紺野以陰鬱的嗓音喃喃說：

「我也沒資格說別人。」

奈緒心裡一陣怔愣，正要說出口的話被她嚥了下去。原本隱約存在的疑問在此時終於凝聚成清晰的想法。

「……紺野，你是怎麼認識老師的？」

居民對志田冷眼看待，所以要靠近志田、與他說話需要相當的勇氣，對於不習慣與陌生人接觸的紺野更是如此。他說過：「我遇上不愉快的事情那一陣子幸虧有志田大叔的幫助，才能夠熬過來。」一定是有過什麼糾紛，使得志田主動接近他的吧。

「我多少也察覺到了。不過如果可以的話，你是不是能夠告訴我呢？我不會告訴別人。我也會告訴你我是怎麼認識老師的。」

奈緒這麼說原本是為了化解緊張；聊聊彼此的過去，感覺上就能夠更進一步地縮短彼此的距離。可是紺野的臉色慘白到令人同情，紅色胎記看起來比平常更醒目。

「妳已經察覺到了嗎……」

他以顫抖的聲音說。奈緒正想說「真的只是隱約有感覺而已」，背脊卻突然僵直——紺野的雙手在《雪之斷章》上交握得死緊。紺野與志田的關係似乎不是她原先想像的那樣。

「……你，是不是對我隱瞞了老師的事？」

紺野沒有否認。儘管她覺得遺憾，不過似乎被自己說中了。在凍結般的沉默之後，紺野吞吞吐吐地開口：

「我是在幾年前認識志田大叔……從他住在那個河邊起我就知道有他這個人。不過他主動找我說話是在進入今年之後。有個女人來找他……」

「女人？」

奈緒忍不住反問。

「是的。一個上了年紀的女人，看起來很有錢，打扮很得體……年紀似乎比志田大叔稍長一點，我想大概是他的妻子或姊姊吧。他們看來感情很好，兩人笑著聊天。」

奈緒心跳的速度變快。原來志田有家人，而且是女性家人。

「我很好奇，所以在橋上看了一會兒。沒想到那個女人突然蹲下，似乎是身體不舒服。志田先生連忙拿出女人的手機，卻因為沒電還是什麼原因無法打通。」

志田自己沒有手機；聽說不是因為不擅長使用機械，而是與手機這種東西不合拍。在沒有電源的河邊也無法充電。

「四周除了我之外沒有其他人。我雖然不喜歡和陌生人說話，不過那種情況不允許我不採取行動。我問他：『要不要幫忙？』他說：『你能否幫我叫救護車？』……這就是我和志田大叔的第一次對話。」

故事似乎這樣就結束了。奈緒在腦海中將自己已知的事情與剛才聽到的兩相對照；怎麼想都覺得哪裡不對。

「你之前為什麼沒有告訴我？」

「這件事涉及志田大叔的隱私，我不知道應該說到什麼程度才好。妳的目的不是與志田大叔見面嗎？這事又與他的家人無關。結果我也沒問志田大叔那個女人是誰……」

「就算你說的都是真的，你應該還有其他事情瞞著我吧？你自己也很清楚吧。你說過：『幸虧有志田大叔的幫助，才能夠熬過來。』但你剛剛說的是老師受你幫助的事情。那麼老師又是怎麼幫助你的？」

紺野緊咬著血色盡褪的嘴唇，像是在拚命忍著避免洩漏真相。奈緒突然聯想到《雪之斷章》裡心懷沉重祕密的女主角。

『別害怕，妳說說看，這件事情無論如何都必須由妳開口說。』

主角飛鳥在這樣的催促下吐露真相，但此刻的奈緒說不出這般溫柔的台詞。

「你真的是在幫我嗎？」

她問得尖銳。一想到自己或許被有好感的對象騙了——這種背叛使得奈緒失去冷靜。

「假如我與老師見面，你所隱瞞所有事情就會曝光。你是不是早就知道我打聽不到什麼線索？……該不會你瞞著我的是更重要的事？」

紺野依舊不發一語。奈緒的眼前一片黑；其實她很希望他說一句「不對」，希望他生氣反駁：「妳怎麼可以懷疑我！」

「我要走了。我再也不會和你見面了。」

奈緒收起兩本《雪之斷章》起身；怒火早已在不知不覺間消失，她只剩下想哭的心情，只是她死也不想讓紺野發現。

「志田大叔去哪兒了，我真的不曉得。不過我有辦法聯絡上他。」

紺野突然飛快說完。正要離開桌子的奈緒停下腳步回頭。紺野的眼裡有著過去沒有的黑暗。

「我們可以在進入暑假之後，對認識志田大叔的舊書店相關人員們散播『小菅奈緒拋下大考不唸書，開始尋找志田先生』的消息。」

「什麼意思？」

「事實上我們之前去過的那些志田大叔出入的舊書店，真的有幾位店員似乎知道他的聯絡方式。小菅學姊想見他的消息也一定會傳入志田大叔的耳裡。我想他或許是認為有前途的年輕人最好別與他有牽扯，所以故意與妳保持距離……可是，如果流言蜚語中夾帶著『小菅學姊可能會落榜』的感覺，他一定會擔心並主動與妳聯絡。」

奈緒在腦子裡整理他所說的這些話。

「……也就是拿我的大考當餌，誘使老師出面嗎？」

紺野點頭。這的確是對付志田的好方法——奈緒在認同的同時，也對紺野有這種邪惡念頭感到驚訝。她感覺眼前這個人好陌生。

「啊，原來到處對大家說：『奈緒明明應該準備大學考試，卻在四處找尋志田先生』是紺野的點子啊。」

文香瞠目。這麼說來這也是奈緒第一次坦白這件事。

「嗯。我一直沒告訴妳，對不起。」

奈緒本人造謠的話不值得相信，必須讓其他人騷動——這也是紺野的點子。身為舊書店女兒且人面很廣的文香完全成了幫凶。

然後志田真的寫信來了。

聯絡方式只有電子信箱，所以他恐怕還是一樣沒在用手機。好像是用電腦之類的寄信。

「妳今天要和志田大叔見面的事，紺野知道嗎？」

「我寫信告訴過他了。不過他沒有反應。」

奈緒望著窗外。明明是自己先說不再見面，沒有收到回信卻讓她很消沉。她也覺得自己很任性。

「……妳在藤澤的Mister Donut對紺野說的話，會不會說得太過了？」

視線外傳來文香的聲音。

「說得太過？對於什麼？」

「志田大叔的家人倒下叫救護車一事瞞著妳沒說，他不是解釋了嗎？至於他說不出自己是如何受到志田大叔幫助，這也沒什麼好奇怪的嘛。或許對紺野來說，那是很丟人現眼的事情吧。」

奈緒的視線回到面前的文香身上，心想：啊啊，對了，最重要的事情還沒有告訴這位朋友。

「如果只聽當時那些話的話，或許是那樣沒錯。可是紺野毫無疑問是在撒謊。他自己也知道，所以沒有反駁。」

「咦？什麼意思？」

奈緒摸了摸桌上的《雪之斷章》。這本書是關鍵。

「就是……」

「咦？志田大叔？」

文香突然無預警地大叫並站起身。

「在那邊那個不是志田大叔嗎？妳看，在那邊！」

她指著窗外。奈緒也看向外面的馬路。人行道上有幾個人路過，不過她沒看見類似志田的人。

「哪邊？」

「就是那個人啊！打扮完全不同，不過臉和走路方式還是志田大叔沒錯。我已經看習慣了所以一看就知道。他往補習班的方向去了。」

「不會是妳看錯了吧？」

還沒到約好的時間，而且他們相約的地點是大船車站的驗票口前。

（啊，對了。）

奈緒愣了一下；她有跟志田提過要上補習班的夏季講習。她原本是打算在講習之前見面，不過志田或許誤以為奈緒她們是要在講習之後過來，所以提早抵達大船車站，準備走去補習班。

兩人匆匆收拾私物，把端盤回收之後跑出店外。在馬路上環顧四周，果然還是沒看到類似志田的人。

文香抱著沉重的包包猛然往前跑。奈緒不得已也跟著跑。

「志田大叔！等等！」

補習班前面一位攙雜白髮的小個子男人回頭；他身穿白色長褲和丹寧襯衫，帶著細框氣質眼鏡。不曉得為什麼提著一個裝有一升日本酒瓶的布包，還有一個小紙袋。

男人瞇起炯炯雙眼凝視著奈緒她們，接著難為情地咧嘴一笑。

「喲，好久不見。」

奈緒聽到聲音才終於發現那是志田。他的打扮與過去完全不同；奈緒只見過他留著和尚頭、穿著鬆垮誇張T恤的模樣。

「好久不見。」

奈緒也回應。她有很多話想問，不過她還沒開口，文香就先大叫：

「你為什麼打扮這樣？這種程度已經是變裝秀了吧！」

志田意興闌珊地低頭看向自己的衣服。

「喔喔，這個啊。因為我每天要進出醫院，不能再像以前那樣穿了……」

「醫院？大叔生病了？」

「不是……」

志田一瞬間遲疑。

「生病的是我老婆。我們春天時取得聯繫。她來我在鵠沼的窩找我時，突然身體不舒服。我請人幫忙叫救護車送到醫院才姑且沒事。不過為了謹慎起見做了精密檢查之後，才發現她的肚子裡長了腫瘤。」

奈緒想起紺野說過的話——家人來找志田，請他叫救護車是事實。

「欸，她這毛病有辦法治好，不是很嚴重的情況，不過我認為自己有責任陪著她，所以跟著回去她住的東京。」

「既然這樣，直接告訴我們不就得了嗎！大家都很擔心欸。我也是，小奈也是。」

「也是。對不起。」

他提著東西低頭鞠躬。

「我原本打算等她的情況穩定下來再向大家打聲招呼。不過一方面我也想著：『有前途的年輕人還是別和我這種老頭子往來比較好。』所以老婆顧著顧著就隔了這麼久都沒聯絡。」

接著，志田的大眼睛看向奈緒，眼裡帶著嚴厲又溫柔的笑意。

「怎樣？妳有在準備大考嗎？我一直想問妳這件事。我聽到小道消息說妳在這種重要時刻還在找我。」

情況真的一如紺野的預測。原來他對志田的性格摸得這般透徹。

「是的，我有在準備。」

「這樣啊。太好了……不過我還是給妳造成麻煩了。」

「沒關係。你的太太不要緊了嗎？」

「幸虧治療很順利，她大致上已經恢復精神了。我跟她提到妳，她勸我要趁這個機會跟其他人打打招呼，所以我接下來打算去一趟文現里亞古書堂。」

他舉高酒瓶，並從另一個紙袋拿出包裝精美的小盒子遞給奈緒和文香。盒子小歸小不過很沉，還有微微的香氣。

「妳們的是這個。這是人氣入浴劑之類的，好像能夠消除疲勞。」

「哇，好棒。謝謝你。」

文香很開心，不過奈緒卻隱約感到寂寞；這一定是他聽妻子的建議挑選的吧。穿著中規中矩的衣服，陪伴生病的妻子，配合收禮者送上伴手禮——志田真的回到非常普通的生活了。他已經不再住在那個河邊，奈緒在那兒與志田共度的時光再也不會回來了。

「你今天不與紺野碰面嗎？」

聽到這麼一問，志田皺起粗眉。

「……紺野。」

他沒有抑揚頓挫的喃喃說。困惑在奈緒的心中擴散。

「紺野祐汰，與老師關係很好的高中生。聽說你和他也和我一樣會在河邊聊書……」

「那個紺野祐汰，是誰啊？」

志田不解偏著頭。

「和我在那裡聊書的怪人，就只有小菅妳啊。」

地面突然像是開了個洞。奈緒錯愕地愣在原地。

夏日風格的厚實雲朵在藍天中飄動。

這天下午以八月來說很涼爽。風向改變，隱約帶來海潮的味道。奈緒所在的河邊距離大海很近。

奈緒在郵件裡雖然沒有告知幾點過去，不過她才一抵達，紺野很快就出現了。他踩著水泥磚斜坡緩步走下來。

「我剛才見過老師了。」

等紺野站定之後，奈緒才開口。

「……這樣啊。」

紺野以沙啞的聲音說。

「老師連你的名字都不知道……你們其實幾乎不認識吧。」

沒有回答。奈緒無所謂地繼續說：

「你說你第一次和老師說話，是老師的太太在這裡身體不舒服、叫救護車時……根據老師的說法那是在五月初，也就是老師離開這裡的不久之前。你們根本沒有時間變熟。我還一直以為老師和你的感情比和我更好，其實是反過來。」

志田當時當著奈緒面前開口喊住紺野，是因為他是在那天的幾天之前剛幫助過他老婆的人，而不是因為他是像奈緒這樣的「門徒」。

「那麼，妳也聽志田大叔說《雪之斷章》的事了吧。」

「那件事我在藤澤Mister Donut談話時，就大致弄清楚了。」

奈緒從包包裡拿出收到的第二本《雪之斷章》。也就是寫著「謝謝」那本。

「留在冰桶裡的這本講談社硬殼版《雪之斷章》有收錄作者後記，但你持有的文庫本沒有。」

文庫本收錄的是其他作家寫的解說。她剛才聽志田說，據說有很多書迷直到作者死後、其他出版社重新出版之前，都不知道有這篇原作者寫的後記存在。

「可是你卻提到對後記的感想。可見你讀過文庫版之外的《雪之斷章》。那麼為什麼必須撒謊呢？然後我就想到……這本硬殼書會不會不是給我的，而是老師要給你的呢？」

奈緒等待著紺野的回應，卻只等到沉默。

「我問過老師之後已經確定，他把這本書送給了住附近的孩子表示感謝，因為他在他太太倒下時曾經親切幫忙……他說是隔天看到你過橋時追上你、交給你的。所以上面才會寫著『謝謝』。」

寫了謝謝卻沒有署名，因為他不知道紺野的名字。

「你假裝這本書是老師送給我的禮物。你不知道老師送過很多人《雪之斷章》。你一聽到我已經收到過，連忙配合我說你也收到過；因為與老師很親近卻沒收到的話未免太不自然。所以你事後又去某家舊書店買了《雪之斷章》。那個時候你不小心選了沒有後記的文庫版……

「……既然妳都知道了，就別再繼續說了。」

紺野勉強擠出聲音。他沒有抬頭，脖子變得一片紅。

「不，還有兩件事我不知道。」

奈緒沒有轉開視線，繼續往下說。不管接下來雙方將說出什麼樣的話，她打算直到最後都要直視著他。

「第一個是你為什麼要撒謊，假裝這本《雪之斷章》是給我的禮物？另外一個是……」

她換口氣。第二個謎團或許更重要。

「說真的，你和志田老師究竟是什麼關係？你很清楚老師的事情，也知道他和我用冰桶互相借還書，就連他出入的舊書店也知道得很清楚，甚至能夠掌握他的性格。可是老師只知道你的長相。你們似乎有過什麼，他卻不肯告訴我詳情……我可以感覺到他不想說。這是怎麼一回事？」

太陽進入雲影裡，四周的風景跟著褪色。紺野終於抬眼看向奈緒。

「小菅學姊，妳想一想就能明白了，不是嗎？」

「我想聽你親口說。」

說完，奈緒又說：

「『別害怕，妳說說看，這件事情無論如何都必須由妳開口說。』」

紺野冷哼之後淡淡笑了笑；那是嘆息攙雜著自嘲的複雜笑容。

「我沒有那位主角頑固，也不是人見人愛的人。」

他突然像是自暴自棄了，抬頭挺胸指向對岸成排的建築物之一——一棟沒有任何特徵的白色兩層樓獨棟房子。

「妳看得到那棟房子的窗戶嗎？掛著藍色窗簾那扇。」

「嗯。看得到。」

那是在這裡與志田聊天時一定會映入眼簾的窗戶之一。印象中窗簾總是關著。

「那是我的房間。我說自己住在大樓裡是臨時撒的謊；因為我怕如果告訴妳我就住在那間河畔獨棟房子裡，妳似乎會識破真相。我今天也是在那個房間裡等著妳來到河邊。」

「原來如此……」

聽他這麼說，奈緒才想到第一次見面那天和今天，紺野都是她才抵達就立刻現身河邊。若說是巧合也未免太巧。

「我國二時在學校遭到霸凌，不去上學的日子愈來愈多。那種時候我會整天待在家裡，吃完飯、打完網路遊戲就去睡覺，大概都是這樣過。正好那陣子有流浪漢開始住在河邊；他每天早起去工作，回來後就看書……那樣的生活似乎很愜意。我每天看著，漸漸覺得他很礙眼，逐漸煩躁起來，所以……」

奈緒想起志田說過的事——有時是他的私有物品被弄得亂七八糟，有時是有人叫警察過來。

「找老師麻煩的人就是你嗎？」

「是的，我也因此消除了壓力。很惡劣吧？『幸虧有志田大叔的幫助，才能夠熬過來』這句話是說真的。我對流浪漢惡作劇，藉此消除壓力，才能夠勉強撐到國中畢業。不過我沒有上高中。」

紺野臉頰抽搐，此刻也看似快要哭出來了。他之所以看過志田的帳冊也只是未經許可偷看的。

志田一定也察覺到這位少年就是弄亂東西的犯人，所以他在奈緒面前主動找紺野說話時，只解釋說「他住在附近，有時會過來這裡」。

「可是去年夏天，我的人生改變了。有個女孩來到河邊和流浪漢聊天……她的個子很高，非常漂亮……笑起來又很可愛……」

說到這裡，他的肩膀上下起伏喘息著，像是費盡了力氣。他的臉色愈來愈紅。他在說的是誰，奈緒過了一會兒才想到。

「你、你是說我？」

「就是妳！沒有其他人了吧！啊啊可惡……好丟臉。這是怎樣……」

奈緒的反應也是一樣。發燙的臉上冒出汗水。率先重新調整好心情、開口說話的人是紺野。

「那個女孩和流浪漢似乎是在聊書。他們看起來很開心的樣子，我也想要加入他們……說得更明白些，我想要和那個女孩做朋友。」

他像在生氣般快速繼續說下去。說不出話來的奈緒只是專注聽著。

「可是我這個只會待在房間裡的人渣哪有那種機會呢？於是我決定取得高中畢業同等學力證明，並且去考大學，所以開始去補習班唸書。我打工買衣服，上美容院剪頭髮，為了能夠與對方聊得來也讀了幾本書……雖然我因為下巴的胎記，很難跟別人說話，不過我終於有了一點點的自信，覺得自己有進步了。這個時候我正好救了志田大叔的家人。

收到志田大叔送的《雪之斷章》時，我覺得運氣真好。一讀之下發現那本書真的很有趣。這樣子我就能夠離開房間、去那個河邊聊書，能夠成為那個女孩的朋友了。我為此感到開心。沒想到……志田大叔消失了，行李全都不見了……」

總算能夠與初見紺野那天的情況連上了——他為了與奈緒進一步接觸，撒謊把《雪之斷章》送給她，並陪著她到處打聽志田的去向。然後終於約她出去聊書——這是紺野盡全力所能想到並採取行動的結果。

奈緒心想，假如志田能夠再晚一點返回東京的話，紺野或許真的能夠成為「門徒」之一。志田一定也是這樣打算，才會對橋上的他開口搭話。

「和小菅學姊聊過之後，我真的覺得妳頭腦又好，個性帥氣，是個純真又正直的人。這樣的人想必無法了解我這種人的心情。總之來龍去脈歸納起來就是這麼一回事。紺野祐汰是個欺負流浪漢又愛撒謊的垃圾混球！謝謝妳願意聽我說到最後！」

他深深一鞠躬，以那個姿勢擦了好幾次雙眼。等他抬起頭來時，眼淚已經擦拭乾淨了。

「那麼，後會無期了。」

「紺野。」

奈緒靜靜對著準備遠離的背影開口。

「謝謝你告訴我你的事情。我很開心。」

紺野愣了一下轉過頭來。

小菅奈緒對自己再清楚不過；不曾有人當著她的面稱讚她漂亮；她的頭腦也不是特別聰明；她無法靠自己的力量破解紺野的動機。前一陣子的模擬考結果，她考上第一志願大學的可能性評分只有C。

她既不帥氣也不正直純真。她是偷走流浪漢的書，而且好一陣子不敢歸還的人。把這些事情全部說出口的話，紺野看她的目光或許會改變。

可是她不害怕。她決定主動坦白。

「接下來，我希望你聽聽我的故事。」

奈緒抬起下巴，定睛凝視著紺野。

他轉身，忐忑走向她。

*

「然後呢？他們兩人怎麼了？」

扉子問。外面頻頻有車子開過，不過聲響卻不太傳進食堂裡。屋裡靜得詭異。

「這個嘛……他們雙方都把話說開，感情一定變得比以前更好了吧。」

栞子挺直腰含糊回答。其實她也不清楚他們之後的發展。她覺得沒必要去深入追問別人的隱私。不過，幾年後她聽說紺野祐汰和小菅奈緒進入同一所大學。

「怎麼樣？」

「我也不太清楚……」

扉子緘口。栞子為了避免提到個人隱私，所以改變了說出口的故事細節，聽起來自然是需要多加練習。

「可是很有趣。原本是陌生人的人，也能夠因為書大人而變成朋友。」

「對，也有那種情況……雖說不是每次都這樣。」

扉子終於懂了——栞子感到安心。扉子的眼睛閃閃發亮。

「只要有書大人在，大家就會很幸福、不吵架。真厲害。」

「呃……」

她不是這個意思。她反而看過好幾次人們為了一本書彼此大打出手、互相傷害的情況。栞子本人也曾經是當事人。但是，需要把這種事情告訴還沒上小學的女兒嗎？

今天講了三本書的故事，不過老實說她覺得很失敗。如果是大輔，一定更擅長表達這類故事。等他回到日本，再跟他討論看看吧。

「好，得去找爸爸的書了。是套著藍色書衣的文庫本，對吧？」

扉子消失在收藏罕見絕版文庫的後側書架方向。來這裡的途中，因為扉子不厭其煩地一直追問，栞子只好告訴她書衣的顏色。如果她不先找到，就會被扉子看到內容了。

栞子在遠離扉子的書架與書架之間前進。最後側有一扇掛著百葉窗的腰高窗，並放著一張老木椅。因為隔壁建築物被拆除，這扇窗的日照變得很好。栞子以前就注意到大輔會在工作空檔在這裡休息。

（……果然沒錯。）

在遍布細細裂痕的椅板上，放著套著藍色皮革書衣的文庫本。他一定是在休息時拿出來讀，就放在這裡忘了拿。

『媽媽，找到了嗎？』

聽到女兒聲音的瞬間，栞子才發現自己太大意了；她現在穿的是單薄的針織衫和長裙，裙子口袋放不下厚厚的文庫本，要藏進針織衫底下也很困難。她裝錢包等小東西的托特包就放在食堂櫃台上。

「這邊好像沒看見。」

她這樣回答，不過也爭取不了多少時間吧。女兒一定會過來親眼確認。

她快速環顧附近的書架。這一區主要是放置相對較新的文庫本，書與書之間多少有些空隙，不過如果直接插進那些空隙，一定會被發現，但是在幼稚園幼童眼睛看不到的高處又塞滿了全集，沒有塞入一冊文庫本的空間。

瞬間思考之後，栞子連忙拆下文庫本的皮革書衣，把書塞進庫存書架上，接著反手掀開針織衫後面，把皮革書衣夾在裙子和後背之間。在她放下針織衫的瞬間，扉子正好咻地探出頭來。

「那邊好像也沒有。」

「這樣啊……真傷腦筋，到處都沒看見。」

栞子裝作一臉困擾的樣子。儘管如此女兒還是為了謹慎起見檢查了左右兩側的書架，一邊往這邊走過來。扉子不知道那本書的書名，應該無法判斷哪個是「大輔的書」。

「啊，這本書！」

扉手把手伸向剛才塞入大輔文庫本那附近。栞子的心臟差點停了，沒想到女兒抽出來的卻是其他書。

內田百閒的《國王的背》。福武文庫出版。田村義也設計的大大粗體字書封裝幀很有特色。

「我在店裡讀過《國王的背》，不過不是這個版本，而是更大更舊的書。內容很有趣……啊，媽媽知道嗎？」

她語帶雀躍。栞子當然知道她在說什麼，那是距今半年多前的隆冬時發生的事。對栞子來說是不愉快的回憶，不過對這個孩子來說完全不同。

「當時來店裡的叔叔會不會再來呢？他和我說了《國王的背》的故事，我覺得很開心……」

「扉子。」栞子蹲下，與女兒對上視線，彷彿在預告接下來要說嚴肅的話題。扉子嘴邊的笑容消失。

「那位叔叔，不會再到店裡來了。萬一他來的話，妳和他說話之前要先叫爸爸或媽媽。」

對方應該也不想再來了。當時他們夫婦倆討論過之後，決定不讓孩子知道真相，那件事就此打住。他們也一直認為沒必要向女兒解釋。

「為什麼？聊書大人的話題變成朋友不是好事嗎？大家都能夠因此而幸福！」

這個孩子還不知道與書有關的故事不見得只有幸福快樂的結局，有時也有人會因為一本書而不幸。

「不是只要對方喜歡書，就能夠跟每個人都變成好朋友。也有人無法成為朋友。」

扉子露出訝異的表情。栞子的心中突然湧上一股疑惑。真是如此嗎？或許有些人是現在很難，不過將來有一天能夠成為朋友。身為父母親，不是應該這樣告訴女兒嗎？

「那位叔叔為什麼不再來了？」

栞子原本打算將來有一天再告訴女兒——等她稍微長大之後；因為到時候她會更有判斷力。可是她也想不到不該選在現在說的理由。

「他再也不會來的原因，妳真的想知道？」

「想！」

扉子立刻回答，沒有半點猶豫。她這種太容易上鉤的行為很危險。如果不趁現在說清楚的話，她恐怕會自己到處打聽。與《國王的背》有關的這個故事也關係著一大堆人的隱私。以最低限度能夠說的內容堵住她的嘴，似乎是更好的辦法。

「妳可以跟我約好不會告訴任何人嗎？」

「可以！我答應。」

扉子自作主張勾住母親的小拇指，上下用力擺盪。手指好像快斷了。

「好。妳聽好嘍。」

老實說栞子也很好奇女兒對於媽媽也是當事人之一的書本故事，會如何解讀呢？或許她能夠從中學到些什麼。

「那天，爸爸和媽媽臨時有急事出門去了，扉子還記得嗎？那時文香正好公司放假過來玩，所以我們拜託她幫忙顧店……」

第四話

內田百閒

《國王的背》（樂浪書院）

窗外可看見雨停後的竹林即使在隆冬依舊青翠。榻榻米房間固然寬敞，但大概是建築構造的關係，十分寒冷。與老舊的水泥牆顯得不協調的全新暖氣沒有發揮太大的效果。

這裡是位在北鎌倉的日式平房。

「您說貴店叫什麼名字？」

老婦人隔著矮桌用沙啞的嗓音問。她身上的家居服背心和毛衣全是灰色，就像喪服的配色。

「敝店是舞砂道具店。我是上一代店主吉原喜市的兒子吉原孝二。」

這已經是他第三次自我介紹。不過這也是沒辦法；到府收購舊書卻忘了帶名片，犯下這種初級失誤的人是他自己。對方也只好一再詢問並確認店名。父親喜市如果在場的話，見他犯下這種失誤一定會拿拐杖痛毆他；如果父親還有那種活力的話。

吉原孝二是在橫濱經營古藝術品與舊書的舞砂道具店第三代店主。他們沒有其他職員也沒有實體店鋪，只有店名。年過四十的孝二獨自一人打理著店務瑣事。

今天他造訪的是住在北鎌倉的愛書人家裡。聽說屋主上個月剛過世。

「您的丈夫……山田先生從家父那一代起就經常關照敝店。以前也經常利用敝店……」

「原來是這樣。」

老婦人點了好幾次頭。

「他這個人不太交際應酬，唯獨喜歡收集舊書和穿著奢華服裝，這一點直到最後都沒有改變。書無論如何都需要空間放置吧。我和兒子也不懂那些書的價值，也討論過總有一天要全部處理掉。在葬禮結束之後，舊書店業者一家家登門來訪，所以大部份的書都讓他們拿走了。」

聽到這說明也是第三次。他也看到了書房早已空蕩蕩。簡言之就是孝二晚了一步。

「有些書買的時候應該十分昂貴，不過賣的時候真的都很便宜，我很訝異。他們每個人都說以前就與我丈夫有來往，我也不是很清楚。價格的事情我都是交給兒子處理。」

「偶而也有些同業即使完全不曾來往，也會拿這個當藉口上門自薦。實在令人感嘆。」

孝二配合氣氛喝下已經冷透的茶。聽說過去的舊書店老闆一定會確認報紙上的訃文；一旦得知有愛書人過世，即使不認識也會說：「死者委託我處理藏書。」侵門踏戶硬是把書收購走。這一招在現在這時代或許已經不適用，不過還是會有交情淺薄的業者出現。

孝二與這個山田家搭上線的來龍去脈大致上也是如此。他上臉書搜尋每一位父親時代寄過舊書目錄的客戶名字，找到同名同姓的帳號，以及大概是兒子寫的過世通知，因此與對方取得聯繫。

享壽八十歲的山田要助直到幾年前仍在經營公司。他也是專門收集明治時代到昭和初期珍本文藝書的收藏家。他本人生前發的臉書文章全是介紹自己穿和服的樣子和舊書。

在講究的日式宅邸裡，在舊書環繞下穿著和服生活——他偶而會自嘲這是落伍老人的懷舊嗜好；不過他想在社交平台上公開自己的生活，滿足自己想要獲得認同的欲望，倒是非常走在時代尖端，給人享受餘生的印象。

「家裡已經沒有剩下的藏書了吧？」

孝二再次確認。就他看到的範圍，沒有半本舊書的影子。不過一開始打電話過來

時，感覺上似乎還有剩一些；而且她剛剛也說是「大部份」都賣掉了。

「有些是同住的兒子的書，不過那些全是商業書或漫畫書那類的。他與父親不同，對舊書一點興趣也沒有。」

說是這麼說，其實這位太太也一樣。愛書人的家人完全不愛舊書也是常有的情況。

結果孝二陪她聊了這麼久，似乎只落得空手而回的窘境。孝二正要起身說——那麼，我差不多該離開了——時，老婦人突然開口：

「我本來以為家裡已經沒有舊書了，不過兒子一直在找，說或許還有能夠賣錢的東西……他剛才在倉庫找到剩下的舊書。」

「真的嗎？」

孝二再度坐下。早點說不就好了。老婦人笑著點頭。

「是的。剛才兒子帶著那些書去附近的舊書店了。」

孝二費了好大一番勁才忍住沒啐出聲。空歡喜一場。今天運氣真差。這回他真的準備起身離開了，又突然停止動作。提到這北鎌倉附近的舊書店——

「請問是拿去哪一家店了？」

「文現里亞古書堂。」

孝二狠狠咬牙。他也不確定自己是在忍住怒火還是耐住痛苦。他與文現里亞古書堂有過一些過往。那是七年前徹底摧毀父親喜市的篠川栞子所開的店。

自己受到的打擊或許比想像中更大。他從山田家玄關走到大門外的路上，踩到飛石滑倒，摔進冰冷的泥濘裡。

出來送行的山田太太幫他擦乾外套。畢竟是孝二自己的錯，沒道理麻煩對方，所以他用原本帶來要裝書的包巾裝外套，藉口說臨時有工作，準備離開。

結果，對方借他過世的山田先生愛用的斜紋軟呢披風大衣。這種大衣有短披風，不過沒有袖子，就像戰前紀錄片中會出現的復古外套；可搭配和服也可搭配西服，冬天外出只要有這一件就搞定，不管是設計或材質都很優質。

孝二不曾穿過這種衣服。別人會怎麼看他？他忐忑不安地主動問：「如果您的兒子有外套可以借我——」得到的回答是：「我兒子受到他父親的影響，冬天外出也只穿披風大衣。」看樣子父子兩代都是怪咖。

總之孝二感謝她的好意。試穿之後發現尺寸沒問題；儘管手臂沒有袖子，不過比想像中更溫暖舒適。

「哎呀。」

正要進屋去的老婦人瞇起雙眼。

「你看起來真像我家兒子。你們倆的身形很類似呢。」

不曉得該做何回應的孝二含糊笑了笑，說好會把披風大衣送洗後歸還，他便離開山田家。

北鎌倉靠山的住宅區滿是綠意且環境安靜，不過有些地方的路窄得要命。山田家就位在排氣量低於六百六十C.C.的小型汽車也只能勉強通過的小路旁，因此孝二沒有開車過來。

他走下斜坡，往橫須賀線的北鎌倉車站走去。昨夜下的雨處處留下痕跡。儘管今天是連續雨天之中難得放晴的日子，吹來的風還是冷到刺骨。

披風大衣充滿著強烈的防蟲劑味道。看樣子衣服的主人這個冬天還沒有機會拿出來穿上。

山田要助之前也經常在臉書上侃侃而談這件外套的優點；既可以穿去參加正式宴會，也適合搭配和服或西服，保證到哪兒都引人矚目，諸如此類的。他對披風大衣的熱情使得不感興趣的孝二也忍不住讀了文章。山田先生的兒子大概也是因此受到感化吧。山田先生還會用心注意打扮，表示他仍有力氣外出。

父親喜市還在工作時也很講究穿著打扮。他長年在國外飛來飛去，採購古董和舊書帶回國內販售。父親的信念是：賣好東西的人必須穿好東西。

事實上喜市似乎也是因此贏得顧客的信任。日本景氣開始變差之後，他將重心轉向把日本古藝術品賣去國外的生意，收入也持續穩定上升。

孝二擔任父親的司機是在十五年前。他年輕時沒打算繼承家業，大學畢業後就和一般人一樣就業，直到公司倒閉後才開始在舞砂道具店當學徒。父親對待他的態度惡劣，對工作要求也很嚴格，不過給他的薪水比他當上班族時更多。孝二認為那是父親期待兒子獨當一面的父母心。

孝二在一旁看著精力充沛的父親，也覺得他很可靠。

但是他覺得父親對於師父久我山尚大曾經得手又去向不明的莎士比亞第一對開本的執著非比尋常。父親甚至說過為了弄到第一對開本，他什麼都願意做。孝二認為那種強烈的執著就是父親的弱點。

而這種擔憂終於演變成現實。父親落入自己設下的陷阱，把到手的第一對開本拿去舊書商會的小型拍賣會上出售。第一對開本以意想不到的低價被文現里亞古書堂買走。那個金額完全不足以填補父親之前付出的金錢與精力。

經歷那次失敗之後，父親明顯變得衰老；工作上不斷出錯，失去了國內外的客戶。隨著舞砂道具店每下愈況，父親的背影也日益瘦小。

父親因為心肌梗塞倒下後拒絕復健，幾乎足不出戶，最近每天都穿著皺巴巴的睡衣在床上度過；他經常拿著不求人搔抓背部，自言自語罵人。兒子孝二為了喜市的生活費和照護費吃了諸多苦頭，喜市卻完全漠不關心。孝二明白事情會變成這樣，責任在於父親；是他不擇手段的狡猾與冷酷，招致許多人的怨恨。但如果沒有文現里亞古書堂那三個人——篠川栞子和五浦大輔，還有那個篠川智惠子的話，他的餘生一定截然不同，舞砂道具店也一定不會破敗到這種地步。

他們摧毀了吉原喜市這個人，也把孝二的命運導向不幸，這點毋庸置疑。

往返山田家與北鎌倉車站最快的捷徑就是經過文現里亞古書堂前面。孝二去程故意繞遠路，但回程不這麼做；因為自己這樣繞路好像是怕了似的，這讓他很不高興。

他來到鐵道旁的馬路，往車站方向走，看見那棟老舊的兩層樓建築。七年前擔任父親司機時，他曾經來過這裡一次。什麼都沒有改變反而令人覺得不舒服。

他在寫著文現里亞古書堂的旋轉招牌前停下腳步，偷偷觀察著玻璃門另一側。店內的櫃台處有位年輕女子。他本來以為那是篠川栞子，不過仔細一看才發現不是。短鮑伯頭搭配紅色高領毛衣；明明是冬天，她卻被曬得黝黑。

可能是工讀生吧。可是他又覺得那張臉似乎在哪裡見過。那個女子無意間與自己的視線對上。孝二知道對方「啊」地驚呼了一聲。

她起身走出櫃台，匆匆往玻璃門走來。孝二想離開卻沒有動作；因為想知道對方打算做什麼的好奇心贏了。

年輕女子喀啦一聲拉開門，沉默了好一會兒。她轉動著食指似乎試圖喚起什麼記憶，最後說出一個他沒料到的名字。

「啊，對了，山田先生！你是山田先生對吧？剛才把書交給我們的。」

孝二無言以對。她到底是把我當成了誰？——山田。把書交給我們。對了——他想到了。一定是山田要助的兒子。剛剛才聽說他要來文現里亞古書堂賣書。

「姊姊和姊夫還沒回來。我想他們應該快回來了。外面很冷，請進來吧。」

對方快速躲回店裡。聽到姊姊這個稱呼，孝二知道她是誰了。這個女子就是篠川栞子的妹妹。七年前和父親一起來這兒時，孝二也見過她。

話雖如此，她怎麼會以為他是山田要助的兒子呢？還來不及深思，女子笑著回過頭說：

「那件外套果然很帥呢。那個叫披風大衣嗎？我也想要一件。如果也有女生版的該有多好。」

看樣子是這件外套造成了誤會。大概是山田的兒子剛剛也穿著同樣色系的外套吧。兒子的母親也說孝二和兒子的身形類似。這女人是不是在罕見外套的影響下，誤以為兩人是同一人了？

（如果是這樣，這女人真是笨蛋。）

孝二揚唇訕笑。明明長相完全不同。他還以為文現里亞古書堂的人都很聰明，原來也有例外。他突然覺得緊張的自己實在很蠢。

同時他也好奇山田要助的兒子拿了什麼樣的舊書過來。儘管事到如今也不可能把那些書弄到手了，不過看一眼應該沒有損失吧。孝二進入店內。

那個女孩眼睛瞇得像線條一樣細，凝視著走近櫃台的孝二。

「咦，山田先生？你是、山田先生，沒錯吧……？」

「……怎麼了？」

孝二佯裝平靜。就算被識破，只要說一句「我只是開玩笑的」帶過就行了。不是孝二要騙人，是這個女人自己誤會了。

「應該沒錯。對不起，我覺得你看起來和剛才不太一樣。我出社會工作之後眼睛愈來愈差，終於配了眼鏡和隱形眼鏡。不過我還不習慣戴著走來走去，所以經常忘在自己家。」

她露出白牙一笑。看來無法分辨長相不只是頭腦不好的緣故。

話雖如此，以前來這裡時，這個女人還是高中生，現在已經是社會人士了。「自己家」在無法立刻去拿忘記的眼鏡的地方，表示她已經離開這個家、在外面獨居吧。時間過得真快。

「你的隨身物品變多了呢。」

她指著用來包濕外套的包巾。孝二肩膀上還掛著薄型公事包。

「啊啊，這個嗎？是啊。」

孝二含糊其詞。或許是不感興趣，文香也沒有繼續多問。她隔著櫃台探出上半身說：

「然後呢？咖啡店怎麼樣？」

「咖啡店？」

「嗯？你不是要去東慶寺旁邊新開的咖啡店消磨時間嗎？我也很想去那家店看看呢。」

「這個嘛……還不差。」

也就是說真正的山田兒子就在距離這裡不遠的咖啡店。而且店長也快回來了。只要快速參觀一下對方帶來的舊書就可以快速撤退，沒問題的。

一塊包巾攤開在櫃台上，堆著幾本老舊的書，寫有「山田」姓氏的收購單也擺在上面。這些就是山田要助最後的藏書。有幾冊不齊全的改造社出版現代文學全集，還有中央公論社出版的森田玉《木棉隨筆》、少了書封的金星堂出版芥川龍之介《點心》等。每一本都沒有太大的收購價值，不是值得期待的東西。

「喂，扉子，不准看還沒收購的書！妳爸和妳媽不也這麼說過嗎！」

篠川栞子的妹妹突然大喊。仔細一看，在堆高的書牆後面似乎有個足以容納一個人的空間。

「別這麼說嘛！文香阿姨。」

有人以孩子氣的語氣回答。不對，那或許真的是小孩子的聲音。

「他們只說不准看店裡的書而已啊。」

「妳少給我強詞奪理！還沒有收購的書就是客人的東西，本來就更不應該碰！」

那個人坐在有輪子的椅子上，滾著輪子拖著椅子現身。

「唔！」

孝二嘴裡發出的呻吟就像是肚子挨上一拳。現身的是一名長髮少女；她穿著白色女用襯衫、藍色毛衣和格子裙，黑白分明的眼睛和挺直的鼻樑不論從哪個角度看來都與篠川栞子相似到可怕。孝二感覺自己彷彿正在看著那個女人的幼年時期。這麼說來的確聽說過她和店員五浦大輔結了婚、生了孩子。

「真是的，妳什麼時候跑進店裡的？又不是姊姊，居然躲在那種地方。」

篠川文香對著姪女抱怨。比起與母親神似的女兒，孝二更因為其他事情而激動——就是這個小孩沉迷閱讀的舊書。尺寸是菊判，書封是雙色印刷的木板版畫，內容描繪著賞花民眾與大型建築物等。

百閒　作

第四話
內田百閒《國王的背》（樂浪書院）

御伽噺集
國王的背
安規　畫

（內田百閒的《國王的背》！）

他的脖子起了雞皮疙瘩。內田百閒是大正末期起活躍了很長一段時間的作家，以類似怪談的短篇小說、講一堆道理的古怪隨筆而聞名。孝二記得這本插畫童話集是昭和九年（一九三四年）出版。他雖然沒讀過，不過他懂得這一行的門道，知道限量特製本有相當高的舊書價值。

他快速確認櫃台，看到《木棉隨筆》遮住的地方有黑色的書帙；有用來保護書籍的書帙，那應該就是特製本了。

這本書有舊書價值不是因為百閒的文章，而是因為插畫的版畫。插畫由與棟方志功齊名的谷中安規繪製，全書大約有二十張彩色的手刷版畫。

如果版畫齊全的話，定價至少在五十萬日圓以上，甚至是更高的價格也有人搶著買。

「我不是說了不准看嗎！」

篠川文香粗魯地想要搶過書，姪女也以雙手用力抓著書抵抗。兩人朝不同方向拉扯，出版超過八十年以上的珍本書微幅抖動著。她們對待書的方式未免太粗暴隨便了。這兩個人都不懂這本舊書的價值。

「請小心一點！」

孝二不自覺大叫。

「妳們以為那是誰的書！」

兩人突然回過神來。少女自動把書放在櫃台上。「對不起。」兩人順從地低頭鞠躬。

「呃，我也是一不小心就……大聲了一點，不好意思。」

誰的書這句話還在孝二胸口震盪；他又不是書主，實在沒資格說這句話。為什麼自己會說出那種話呢？

孝二拿起《國王的背》。扉頁也有版畫，一翻開就看到「特製限定本200部之第99號」的限量編號。毫無疑問這是特製本。他的手瞬間停在寫著「《國王的背》序」的這一頁。

谷中安規老師為我雕刻了這麼多幅精美的版畫。
多虧有他，才能夠完成這麼漂亮的書。
這本書裡沒有任何教訓人的故事，所以各位請安心閱讀。
每篇故事只要讀過去就行了。

這段話令人無從挑剔，看著就心情詭異。孝二停止細想，只確認版畫是否完整。有些畫快要從頁面上剝落，不過大致上看來所有的版畫都很齊全，保存狀態也很好，也沒看到很大的汙漬。

他以避免沾上手汗的方式合上書，先放在櫃台上。他心中的悸動尚未平復。他曾在舊書交換會上看過實物，不過書況這麼好的還是第一次；這本毫無疑問可以賣到很高的價錢。再加上賣家不懂舊書，就算便宜收購，他也會摸摸鼻子答應吧。

孝二愈來愈羨慕文現里亞古書堂的人。如果再早幾個小時拜訪山田家的話，拿到這本書的人就是孝二了。

假如能夠得到這本舊書，這個月和下個月就無須到處奔走籌錢了。儘管他很想要這本書，但是運氣不好也只能放棄。

突然一股黑影般的東西射向他心中。

（……運氣不好？）

真是如此嗎？倒不如說此刻好運正在眷顧孝二。他原本應該連看到這個珍稀本的機會都沒有，卻因為一連串的偶然來到這裡。而且在場知道舊書價值的人也只有他。

也沒有人知道孝二人在北鎌倉。山田要助的妻子無法作證。她直到最後都沒有記住舞砂道具店的店名與吉原孝二的名字。更巧的是他也沒有留下名片。

山田要助的遺族原本就沒有打算要高價賣出這本舊書，他們對於死者的收藏品也不感興趣。《國王的背》對他們來說可有可無。

就算孝二把書拿走，他們也不會有什麼損失。

更重要的是能夠給文現里亞古書堂的人出其不意的一擊。吉原喜市做不到的事情，只憑兒子一個人就做到了。

（……試試吧？）

孝二情緒高漲，感覺湧上力量；他的心情就像是即將登台的演員。父親也經常引用莎士比亞那句話——不論男女，每個人都只是個演員。

孝二輕輕咳了咳。

「我還是決定不賣了。我可以把書帶回去嗎？」

篠川文香因為這突如其來的狀況而驚訝眨眼。為了避免對方深思，孝二繼續說：

「這個賣掉的話，家裡就沒有任何父親的藏書了。我覺得這樣也有點寂寞……我剛才想起在我小的時候，父親經常讀自己的書給我聽。」

這是孝二自己小時候的事。或許是因為晚年得子，父親喜市相當疼愛他，直到孝二進入盛氣凌人的少年期之後，父親才突然對他不再感興趣。不過他還是隱約留著待在父親腿上看外國舊繪本的印象。

「爸爸為你唸了這邊的哪一本書呢？」

扉子把下巴擺在櫃台上，十分感興趣地問。孝二不禁後悔自己幹嘛沒事多嘴，並望著山田兒子拿來的那些書。對孩子唸大人看的小說或隨筆很奇怪。既然這樣，選項只有一個。

「這本書。」

他這麼回答，摸了摸《國王的背》的書封。

「這本書大人，爸爸唸了很多次給你聽嗎？」

「也不至於……」
「其他書沒有唸給你聽吧？」
「呃，是的。」
孝二儘管不解，還是回答接二連三的問題。扉子的表情瞬間變得開朗。
「太好了。那麼其他書賣給我們也沒關係吧？謝謝惠顧！」
她鞠躬行禮。一定是模仿大人的接待客人方式吧。孝二覺得自己被奚落了所以不高興，不過他用力忍住。
「扉子，賣不賣書是由客人決定的。」
文香輕斥姪女，並轉向孝二。
「她說了這麼厚臉皮的話，真是對不起。」
「不，沒關係……」
「可是，如果可以的話，其他書能否賣給敝店呢？姊姊剛才傳簡訊來說再過十分鐘或十五分鐘就會抵達北鎌倉了。至少也讓她估個價，可以嗎？」
她順著姪女的厚臉皮發言繼續說。八成是不希望客人溜走吧。更重要的是，孝二聽到只剩下「十分鐘或十五分鐘」便覺得焦慮。沒時間猶豫了。

「不……其他書可能哪一天也會想看。我要全部帶走。」

他當然不需要《國王的背》之外的書，不過如果說「其他書就麻煩你們估價」，他就沒有藉口離開這家店了；因為現在的他是去過咖啡店打發時間之後再回來的狀態。

「嗯，這樣啊……我明白了。」

對方終於放棄勸說，孝二鬆了一口氣，往下看向櫃台又屏住呼吸。原本在面前的《國王的背》不見了。

「喂！扉子！」

少女不曉得什麼時候蹲在地上翻著《國王的背》。拱背的樣子看來像欠缺管教的狗。書一被阿姨拿走，她就蹦蹦跳跳著要搶書。

「討厭！再讓我看一下下！」

「不好意思，叔叔很忙，等一下還有事，我必須離開了。」

孝二從文香手上接過舊書，包上黑色書帙。貼在正面的題籤是作者親筆撰寫，這個也有價值。

「那請告訴我《國王的背》接下來的內容！」

「什麼？」

孝二忍不住說。

「背很癢的國王進入森林之後發生什麼事了？」

她這麼問。孝二不想回答，只是默默地把書帙的小鉤勾住紐襻。

「什麼意思？那是什麼故事？」

文香也感到好奇。扉子豎起手指，得意洋洋地開始說明：

「有一天，國王的背突然癢了起來。剛開始他用手搔癢卻搔不到，找來家臣幫忙搔癢，卻搔不到癢處。他變得愈來愈癢、愈來愈癢，所有人都幫不上忙……」

孝二腦海中浮現父親喜市的身影。身為兒子的自己對於一邊罵著某個人一邊搔背的父親束手無策。他突然想到父親的自言自語或許是在咒罵癢處。

「國王跑出城堡，遇到許多動物，可是大家看起來也都很癢。進入森林之後，那兒聚集了許多身體看來很癢的動物們……我就看到這裡。後來發生什麼事了？」

孝二完全不知道。這故事比想像中更莫名其妙。

「嗯——發生什麼事了呢……」

「你不是說爸爸唸了很多次給你聽嗎？你不知道嗎？」

正想敷衍過去卻被這麼尖銳一問。不知道故事內容的確很奇怪。話雖如此，反正發問的是小孩子。孝二微笑假裝沒聽到，正要把所有舊書用包巾包起來，卻突然注意到文香交抱雙臂緊盯著他，雙眼滿是懷疑。

「那個，可以請您稍等一下嗎？」

「什麼事？我很忙……」

「我本來以為是我眼睛不好，但——」

文香犀利打斷。

「我一直很介意你跟剛剛的感覺果然不一樣。你真的是山田先生嗎？」

孝二狂冒冷汗，甚至一度想著要抱著書跑出去。但是這個女人比較年輕，而且耐力也應該比較好，中年人孝二沒自信自己能夠抱著隨身物品逃走。如果雙方拉扯的話，應該是他比較有利，可是很有可能破壞《國王的背》。孝二訝異地蹙眉。

「妳在說笑嗎？」

「您剛才分明說今天休假有空，所以要去那邊的咖啡店打發時間，不是嗎？怎麼突然說很忙有事，這是怎麼回事？」

他的喉結滾動了一下。他太小看這個小姑娘了。他不曉得真正的賣家說了什麼，好像怎麼解釋都會露出破綻。

「喂喂，接下來呢？國王怎麼了？」

扉子在孝二四周跳來跳去，不厭其煩地追問。

「請等一下，妳們兩個同時問問題，我都頭暈了。」

他簡單迴避攻擊之後，彎下腰與少女四目相對。他無法回答文香的問題，所以打算與這個孩子說話爭取時間。

「我想起來了，《國王的背》後面的故事。」

當然不是真的想起來了。這種莫名其妙的童話後續是如何發展，他也無法想像。

「後來什麼也沒發生。這個故事不是幸福快樂的結局。國王一直無法治好搔癢，動物們也無計可施。國王很癢，動物們也很癢。這樣就結束了。」

孝二隨口胡說。那個國王無法治好搔癢，就像衰老的父親再起無望，不可能突然發生奇蹟。

「這樣啊……好怪！好怪的故事！」

扉子雙眼閃閃發亮。說著好怪的她似乎很開心，彷彿對於這個出乎意料的結局很滿意。孝二暫且放心；這下子這邊的問題就解決了。正當他這麼想——

「故事真的是那樣嗎？借我看一下。」

文香突然從用包巾包起的舊書堆裡抽出《國王的背》，並以犀利的目光瞥了「啊」地驚呼一聲的孝二一眼。她懷疑他真的是書主嗎？孝二問自己：怎麼辦？對方正在檢查內容，這下可糟了。話雖如此如果把書搶回來，更會被懷疑；如果藉口說趕時間，她又會重提剛才的問題。

文香從書帙拿出書翻開書頁。必須想想有什麼藉口可以合理解釋內容為什麼和我說的不一樣——說是因為我印象模糊了？可是我剛剛才撒謊說自己「想起來了」。看樣子怎麼圓謊都無法敷衍過去。如果是父親喜市的話，他在這種時候會怎麼做？

注意到店內一片寧靜，孝二抬起頭，只見文香和扉子在櫃台上翻閱著《國王的背》。

孝二也湊近看。看來是結局那一頁。

最後，池塘裡爬出一隻烏龜，望著國王的舉動，也跟著動起自己的短腳。但是烏龜的腳碰不著身上任何一處，只是擺動著、搔到那附近的沙子而已。

國王看到這景象不禁著迷，也跟著滾動自己的身體。野獸、鳥類、水裡的魚也跟著或踢、或撞、或扭動身體掙扎。

烏龜也再次用短腳撥散沙子。

孝二讀完也說不出話來。真的什麼事也沒發生，最後是所有人都很癢。剛才隨便說的結局居然吻合。

「哇，好有趣！連烏龜先生也覺得癢了呢，對吧？對吧？」

扉子尋求大人們的同意。孝二誇張點頭。

「是啊。烏龜先生覺得癢的話很可憐呢。」

他在心裡偷笑。怎麼會這麼走運呢？不，這簡直是奇蹟。發生了照理說不可能發生的奇蹟。

「我可以把書包起來了嗎？」

孝二故意帶著怒氣說。

「啊，是的……可以了。對不起。」

文香似乎覺得自己理虧，點點頭。孝二恢復冷靜，突然覺得腦子的運轉也變順了。

來吧，我就回答這個小姑娘的問題吧。他把整批舊書包好之後，湊近文香的臉。

「……妳的懷疑沒錯，我的確說謊了。」

他從很靠近文香的距離瞪著她的眼睛，壓低聲音說：

「我要拿回這些書的真正原因不是因為我很忙，而是因為我不想把父親珍視的藏書，賣給讓小朋友隨意亂碰尚未估價舊書的店家。」

孝二看清文香臉上滿是驚訝和羞恥。接著他提著自己原本的隨身物品和包著舊書的布包快步走向玻璃門。

「再見嘍，叔叔！」

扉子大大揮著手，孝二也面帶笑容朝她揮手，並走出店外。

孝二快步走在濕漉漉的路上，往橫須賀線的車站去。他只想盡快離開北鎌倉。他的氣還沒有完全緩過來，卻壓抑不住湧上心頭的笑意。得手的《國王的背》無疑能夠賣得幾十萬日圓的收益。他搶先文現里亞古書堂那些人拿到了人氣珍稀本。如果父親能懂的話，真想說給他聽聽。搞不好這個幸運就是改變他們現況的第一步。

北鎌倉車站在靠近圓覺寺的下行電車月台處也有個小小的驗票口。孝二從那邊進入車站建築時，平交道的警報正好響起。等一下對面月台的上行電車就要進站了。

他通過平交道，走上通往月台的平緩樓梯。平交道的閘門放下，橫須賀線的電車駛近。只要搭上這列電車，書就成功到手了。孝二走在月台上準備搭上進站的車廂，突然聽到警報聲中夾雜著高亢尖銳的童聲。

「找到了！叔叔！」

孝二愣了一下環顧四周。長髮少女就站在孝二剛才通過的驗票閘門處。那是扉子。穿著紅色毛衣的文香也和她一道。

（怎麼回事？）

為什麼追過來了？而且為什麼知道我在車站？扉子拋下正在找交通卡的文香，從驗票口跑向平交道。下一秒，她的身影被進站的電車遮住。

孝二吐出剛才屏住的那口氣。仔細想想，她們兩人知道他在車站也沒什麼奇怪的，從店裡就能夠看到他走向驗票口的方向；只要循著同一條路，理所當然會注意到他就站在月台上。孝二穿著很有特色的披風大衣，肩膀掛著公事包，手上提著兩個布包，一個裝外套，一個裝舊書──再沒有人比他更醒目了。

問題是她們追過來的目的。不確定她們是不是識破孝二的真正身份了，不過可以確定的是她們追過來是帶著懷疑和疑問；除此之外他想不到其他的可能。

電車門打開，稀稀落落的乘客下車。正要上車的孝二注意到下車站在月台上的一對男女——穿著針織斗篷的長髮女子，以及穿著黑色長外套的高大男子。他光看背影就知道是誰。

篠川栞子和五浦大輔。婚後應該有一方改了姓氏，不過對孝二來說不重要。他們兩人搭乘這列電車回到北鎌倉了。

原本坐在最後一節車廂的他們準備走下通往平交道的樓梯時，差點撞上跑上月台的扉子。

孝二連忙鑽進電車車門。儘管他好奇他們一家人在做什麼，不過如果把頭出去的話，搞不好會被對方發現。

他突然有個好點子；他把自己的智慧型手機上半部伸到車門外，用前置鏡頭對著他們的方向。這麼一來就能夠觀察他們，而且不會被發現了。調整好智慧型手機的角度之後，他看到扉子正在揮舞雙手向父母說明。

跟著趕過來的文香也加入解釋。她指著月台，夫妻兩人也轉頭看向自己剛搭上的電車。大概是在說孝二正好與他們錯過、上了這列電車吧。

月台開始播放即將開車的音樂。別擔心——他告訴自己。萬一被看穿真面目，他們也不可能在這麼短的時間之內把一切說明清楚，而且只剩下幾秒鐘車門就要關閉了，現在跑過來也趕不上。

五浦大輔轉身改變方向就在那瞬間。他以超乎想像的靈敏行動跑上就要發車的電車。就在孝二從正要關上的車門抽回智慧型手機的前一秒，他確實看到大輔跳上最後一節車廂。

（該死！）

被他趕上了。怎麼辦才好呢？孝二閉上雙眼深呼吸。還沒有被找到。孝二認為大輔應該不記得自己的長相。他們只在七年前見過那一面。

文香等人應該來不及說明長相特徵，頂多來得及告知服裝和隨身物品當作辨識參考。這樣的話——孝二決定接下來該採取的行動。

他先環視自己所在的車廂。只有寥寥數名乘客，而且坐得離他很遠。幸好沒有人注意到他這邊。

他把所有隨身物品放在旁邊座位上，打開較小的布包拿出半乾的外套；這是他原本穿去山田家的衣服。他迅速脫下借來的披風大衣，換上自己的外套，並且把原本包外套的包巾收進公事包的側口袋。

接著他鬆開另一個沉重的布包，從舊書堆裡抽出套著書帙的《國王的背》收進公事包裡，拿著公事包起身。

他把山田家的披風大衣、舊書、包巾都留在座位上，往前面的車廂走去。現在的他只是穿著隨處可見外套、提著廉價公事包的不起眼中年男子，任誰看了也認不出來。

為了謹慎起見，他走過兩個車廂連結處，進入相隔兩個車廂的車廂。他在乘客較多的長椅上坐下，輕輕閉上雙眼。他仍舊全身緊繃。

（這樣應該不會被找到了。）

假裝成山田要助兒子的痕跡已經完全消除。他只要在下一站的大船站轉乘其他電車，應該就不可能被追上了。還有兩、三分鐘抵達。就算是文現里亞古書堂的人也沒有辦法鎖定目標就是他——只要他沒有自己報上名字。

隔開車廂的車門發出開啟又關閉的聲響。孝二的眼睛睜開一條縫。穿著黑色外套的高大男子看看左右，往這裡走過來；那雙眼睛彷彿能夠看透對手，眼神中充滿威嚴。是五浦大輔；他應該已經不是二十幾歲了，外貌看來卻和七年前幾乎沒變；或許是因為他的長相原本就老成。

他的右手臂上掛著披風大衣，手裡穩穩拿著看來沈重的布包。他把孝二放在後側車廂的物品全數回收了。

孝二重新抱好腿上的公事包，假裝看著手上的智慧型手機。大輔的雙腿走過眼前弄得滿是泥濘的地板。他果然沒有注意到這邊。

即將抵達大船——車內開始廣播。再過一會兒就可以離開這裡了。就在孝二確認車門位置以便順利下車之時，突然響起一陣清楚低沉的嗓音。

「耽誤各位一點時間，請看我這邊！」

是大輔的聲音。乘客們同時轉過頭去。孝二不得已也只好跟著照辦；只有自己低著頭很不自然。

大輔背對通往前一節車廂的車門，一手高舉起布包和外套。

「我在後面車廂撿到這些東西！我想是有人忘了帶走，請問有誰見過嗎？」

沒有人有反應。這是理所當然啊。大輔一一看著每位乘客的眼睛，彷彿要讀出表情變化。孝二的眉毛連動都沒有動一下，承受他凌厲的視線。這樣子不可能露出破綻；這個男人沒有篠川栞子聰明，即使他擅長動手動腳，要動腦還是他的妻子比較在行。

窗外已經看見聳立在綠色高台上的大船觀音。剩下不到一分鐘就要到站，這樣一來就能成功逃離了——才這麼想，下一秒大輔另一隻手高高舉起，手上握著一張老舊的紙。孝二屏息。

「也掉了這個！有沒有人有印象呢？」

那是雙色印刷的小張版畫，畫著小孩和新月。那張是原本貼在《國王的背》扉頁的谷中安規手刷版畫。孝二握緊拳頭。

是剛才重新整理隨身物品時弄掉的吧。他原本打算封牢書帙，或許是因為太心急，才會在不該出錯的時候犯錯。

版畫是否完整，將會大幅影響到《國王的背》的售價，全部齊全才有意義。他固然明白要拿回那張版畫近乎不可能，但他還是必須想辦法拿到手。

電車因為減速進入月台而前後晃動。雙手舉著物品的大輔失去平衡，夾在指尖的版畫翩然飄落。

「啊！」

電車地板有乘客帶來的雨後泥濘所以很髒。如果掉在這種地方，版畫可能就毀了——

大輔的手指快速移動，輕柔夾住半空中的紙片。鬆了一口氣的孝二發現對方正看著自己。

孝二不曉得什麼時候已經從座位站起，身體不自覺做出反應。他連忙想要轉開視線卻已經來不及。他徹底被大輔騙了；大輔是故意弄掉版畫，引誘孝二做出反應。先讓他看看那些隨身物品或許是要讓他疏於應變。

電車進入大船車站的月台。大輔站在孝二面前輕輕動了動鼻子。

「果然就是你……和這件外套的味道一樣。」

說完，他用下巴指指斜紋軟呢披風大衣。孝二不自覺低頭看向自己身上。對了，防蟲劑。他的鼻子已經習慣那股氣味，所以沒注意到。

「你是舞砂道具店的吉原先生吧。可否和我走一趟？」

大輔說完的同時，停在月台上的電車打開了車門。

他還以為立刻就會被扭送到車站前的派出所，結果不曉得為什麼沒有。大輔從孝二手上取回珍稀本，在出了車站驗票口的地方講手機。孝二無法聽清楚他的對話內容，不過從語氣聽來應該是在和妻子栞子說話。

一會兒之後結束通話，他帶著孝二來到車站大樓的連鎖咖啡店。他說想要直接聽孝二說說整件事情的來龍去脈，不過孝二也別無選擇。他們各自在收銀檯買了咖啡之後，隔著小桌子面對面坐下。

大輔拿出《國王的背》開始一頁頁檢查，似乎想要知道書是否完好如初。小心翼翼看過書名作品的扉頁之後，把脫落的版畫夾回去。

「為什麼會識破我的真面目？」

難耐沉默的孝二率先開口。大輔只是隱約蹙眉沒有回答。說想聽解釋的人分明是他，怎麼他反而沉默？話雖如此，孝二也沒有立場抱怨。

「先不提你們怎麼看破我的謊言，能夠在這麼短的時間之內連我的名字都查出來，我實在料想不到。你的妻子真的很厲害，果然不是普通人。」

言下之意就是在暗指「你就辦不到」。不過大輔的視線仍然落在書頁上。他搖搖頭。

「不是她查出來的。當然也不是我。」

「那是誰？」

「……你的父親最近好嗎？」

大輔以問題回答他的問題，他覺得不滿，但是對話的主導權在大輔手上。

「怎麼可能好？他成天躲在家裡搔背，就像那個《國王的背》一樣。自從被你們打敗之後，他徹底衰老糊塗了。店雖然由我繼承，但是生意慘淡。你也應該多少聽說了吧。」

這個圈子很小。就像孝二會聽說文現里亞古書堂的八卦，他們也應該會聽到吉原喜市的消息。

「我沒有責怪你們的意思，我也沒有那種資格，畢竟你們只是看破吉原喜市設的局而已。你們比家父更正直、更聰明，而且運氣更好。」

大輔從舊書抬起視線。進入這家店以來他首次看向孝二的臉。

「運氣好？」

「是的。七年前搶到莎士比亞第一對開本的時候也是。你和妻子只是被捲入很久很久以前的糾葛，卻因此獲得龐大的利益。今天也是。我想你們當然也知道我今天也去了山田先生家，卻陰錯陽差沒能夠收購到《國王的背》。是我運氣不好。」

大輔很明顯地皺起臉來，似乎打算抱怨什麼，不過孝二不畏懼；說想要知道來龍去脈的是這個男人。反正談完之後他也會被送去警察局，情況不可能更糟了。

「我期待著賣掉這本舊書的錢能夠稍微改善我們的現況……不過我的做法錯了。畢竟連家父都騙不了你們。不管是運氣差還是怎樣，反正為人只能夠腳踏實地才行。」

連版權頁都檢查完畢之後，大輔終於合上《國王的背》，接著把書收進書帙裡。這輩子再也沒有機會看到這本書況絕佳的書了吧。

「我知道這樣說或許不恰當，不過弄掉一張版畫對我來說是無法原諒的失誤。在電車上匆忙挪動舊書果然會有報應。如果沒有這個疏失，那本書就會是我的了。」

孝二靠上椅背喝下一口咖啡；他已經不在乎眼前這個男人怎麼想了。想說的話他已經說完。大輔原本以難以捉摸的態度聽著，終於語氣沉重地開口：

「原來你沒注意到。」

「注意到什麼？」

「其實那張版畫不是掉在電車上。你是專業人士，不會犯那種錯。」

孝二感到錯愕，無法理解這句話的意思。

「既然這樣，你告訴我是掉在哪裡啊！」

「在我們店裡。我女兒翻開這本書的時候，不小心讓版畫掉到櫃台下。在你離開之後，她馬上就發現了。」

「怎麼可能？我仔細檢查過版畫是不是齊全之後才收進書帙……」

孝二說著，然後他想到了——檢查完畢後，那位少女又擅自把書打開。就是她想閱讀《國王的背》的後續時。

「那個時候……那麼，追我追到北鎌倉車站是……」

「是為了把版畫拿給你。可是你上了剛好進站的電車，所以就由正好下車來到月台上的我，代替女兒送還版畫並道歉。再怎麼樣都必須把客人寄放的書的一部份送還，所以我連忙跳上電車。」

孝二聽著聽著失去了血色。如果他當時在月台上等待那位少女，就能夠收下版畫、搭上電車離開了。

「也就是說，我並沒有被懷疑吧。」

大輔點頭。

「我趕上電車時是那樣沒錯。可是留在月台上的栞子小姐聽了文香她們的說明之後覺得不對勁。為了謹慎起見，她聯絡山田先生的兒子，發現他並不在電車上，而是在北鎌倉的咖啡店……另一方面，我也發現外套和其他舊書被留下。正好栞子小姐打電話過來，說：『可能是舞砂道具店的人冒充賣家偷走舊書。』」

「結果就是你的妻子識破一切的不是嗎？包括我的所作所為。」

舞砂道具店再次輸給篠川栞子──不對，徹底阻擾孝二竊盜行為的人還有一個，就是長相與母親神似的扉子。她提出一個又一個難以回答的問題、想要看那本舊書，拖延孝二離開的時間，最後還弄掉版畫，製造契機讓眾人識破詭計。

再加上栞子的母親篠川智惠子也曾把父親喜市耍著玩。這一家子女性就是舞砂道具店的罩門；在文現里亞古書堂看到長髮少女時必須轉身逃走。

「不對，就像我剛才說的，栞子小姐並沒有猜出你的名字。」

大輔果斷搖頭。

「哪裡不對？你剛才自己說……」

「栞子小姐知道的只是有人假扮賣家，偷走《國王的背》。至於嫌犯是誰，她沒有頭緒。誠如你所說，在這麼短的時間之內不可能查出來……把你的名字告訴栞子小姐的是山田先生的兒子。」

「怎麼可能！」

孝二差點從椅子跳起。

「我連那個人都沒見過。你別想撒謊騙我。」

「我沒有撒謊。正確來說是山田要助先生的太太打電話給人在咖啡店的兒子，提到了你的事。」

「你又在騙我。我今天的確見過那位太太，可是不管我講了幾次，她都沒有記住我的名字，也記不住我們的店名，而我也沒有給她名片。更重要的是她為什麼要對兒子提起我們店？怎麼想都不合理。」

「……你還不明白嗎？」

大輔以為難的語氣插嘴。

「你拜訪山田家之前，沒有事先預約嗎？」

「預約了。所以呢？」

「一般來說這種時候不是會記下店名嗎？」

啊——孝二對於自己的愚蠢感到錯愕。就算對話時忘了名字，只要事後查看預約的筆記也能夠確認。

也就是說，即使他成功偷走《國王的背》，也很容易被查出來。與運氣無關，這場賭局打從一開始就不成立。

「太太為什麼要告訴兒子我們的店名？」

「你還不明白嗎？」

大輔微訝睜大雙眼。

「我沒有半點頭緒。」

聽到這個回答，他蹙眉。孝二不懂這個男人為什麼一臉遺憾。

「那位太太對兒子這麼說：『書不要賣給文現里亞古書堂了。我想賣給舞砂道具店。』」

「什……」

孝二覺得自己的心臟瞬間停止。

「為、為什麼？」

「那位太太似乎很感謝你；明明沒有書可以賣給你，你卻很有耐性地聽她說了很久的話。不但害你白跑一趟，還害你在院子裡跌倒弄濕衣服，她感到很抱歉。也就是說，你什麼都不做也能夠循正常程序買下《國王的背》。手握幸運的不是我們，原本應該是你。」

孝二覺得地板消失，自己逐漸往下沉，四周的景色與聲音逐漸遠離。他回過神來，雙手放在桌上按著額頭。咖啡店裡的暖氣很強，他卻止不住渾身顫抖。

（已經無法挽回了。）

這不是運氣好壞的問題，純粹是愚蠢又不誠實的人類錯失機會而已。以往也一定只是沒發現，才會導致同樣的失敗不斷重複發生。不僅自己如此，父親喜市也是如此。

「山田家的兒子和山田太太現在人在文現里亞古書堂。」

視線外傳來大輔的聲音。

「我還沒有告訴他們詳細的情況。我想先聽你說，等回到店裡再向他們兩人報告。」

孝二終於注意到事情還沒有說完。他緩緩抬起頭。

「栞子小姐說必須把你直接送去警察局。但我的想法有些不同……有資格收購《國王的背》的本來就是你們店，不是我們店，這點毋庸置疑。」

他終於明白大輔真正的意思。為什麼沒有立刻把孝二送去警察局？為什麼先問父親的情況？為什麼從剛才起態度就曖昧不清？

因為同情。

這個男人同情他們父子。

「如果你也同意的話，等一下要不要去北鎌倉向山田先生家人道歉呢？只要你發誓別再和我們店有任何關係，我也會幫腔……我想一開始恐怕無法獲得諒解，不過至少可以避免扯上警察。」

「恕我拒絕。」

孝二很自然地脫口而出。簡直像重獲新生，他感覺身心清爽舒暢。

「我的確……我們父子的確過得很苦，可是既然犯罪了就應該受罰，沒道理接受你的同情。」

孝二是初犯。儘管如此應該還是需要併科罰金或接受什麼刑責吧。

他決定結束舞砂道具店；更早之前就應該這麼做了，幸好他還有元町的房子。把那邊賣掉，應該足夠償還債務吧。他決定和年邁的父親找個地方低調生活。

如同那個沒有說教內容的童話故事，父親恐怕到死都會和現在一樣，無法寄望大奇蹟降臨。但是只要改變環境，父親心中一定也會有所改變。或許也能夠感受日常生活的小小喜悅。

如果現在接受這個男人的同情，自己就會連最後的尊嚴也失去。

孝二拉開椅子站起，朝大輔深深一鞠躬。這種事情父親肯定做不到。

「這次給各位添麻煩了。我往後不會再出現在你們面前。」

待他站直之後，大輔也跟著起身，眼裡不再有猶豫，流露出清楚的決心。

「……去警察局吧。」

聽到這句話，孝二朝店外邁出腳步。

終章

在原本是五浦食堂的書庫裡，栞子說完了《國王的背》與吉原孝二的故事。

「叔叔後來怎麼了？」

靠著書架聽故事的扉子問。栞子從窗邊椅子站起。

「好像是搬家了。他去了哪裡，媽媽也不知道。」

後來吉原孝二不需要接受實際的刑罰；因為舊書平安取回，當事人也深深反省。大輔或許知道他的去處；他比栞子更同情孝二，也很想知道他們父子倆的消息。

「叔叔看起來不像是壞人，他聊起書的時候也很開心……可是，那也是假的吧。」

扉子以沮喪的聲音喃喃說。

「或許他是真的很開心。」

話雖如此，她也不知道孝二的心裡怎麼想；她告訴扉子的只是她聽說的內容。與今天說的其他故事一樣，都只是故事梗概而已。

說起來聊書開心與否，原本就與人的善惡無關。

「希望叔叔過得很好。」

「……是啊。」

她回應著女兒天真無邪的話。扉子儘管對其他人不感興趣，不過只要是喜歡書的人，她都會無條件地認定對方是好人。總之看書就是好事——這個單純的信仰就是她的基石。

這樣子固然危險，不過總比對人毫不關心要好一些。栞子心想，暫時就先這樣，以後再觀察看看吧。

「可是，叔叔的爸爸為什麼討厭媽媽你們呢？」

栞子不知道怎麼回答。七年前發生的莎士比亞第一對開本騷動，以及回溯到更久遠之前的糾葛，這些故事都沒有告訴扉子；一方面是這一說就要說很久，再者是她還不想讓這個孩子知道那些事。

「等扉子長大之後再告訴妳。妳可以等到那一天嗎？」

「嗯。可以！」

這麼乾脆的回應令栞子錯愕；她原本以為得花一番功夫才能夠說服女兒。

女兒似乎也不是因為另有打算；這個女兒雖然直覺敏銳，但還沒有隱瞞真心話的城府。可能是真的不感興趣吧——在現階段來講。

「還有其他很多這類書大人的故事吧？」

栞子沉默點頭。她的確知道許多與舊書有關的故事。儘管扉子已經長大，還是有些故事不能告訴她。

「我們差不多該回去了。爸爸的書好像不在這裡……可能在主屋的某處吧。」

「也是。我們回去找！」

扉子不假思索地回應。兩人從拉門出去、鎖上門，回到停車場。

栞子讓女兒坐上廂型車的兒童座椅，扣上安全帶，接著很自然地低頭看向自己身上。

「媽媽，怎麼了？」

「我太粗心了，把包包忘得一乾二淨……妳在這邊等我。」

栞子快步返回五浦家，再次打開門鎖。她當然是故意把包包忘在屋裡。演這場戲只是為了取回大輔那本剛才被她插入書架的文庫本。這一招再過五年大概會被識破，不過用來對付現在的扉子還是很好用。

她打算回到家之後，把藏在身後的藍色皮革書衣隨便套在一本文庫本上，假裝那本是大輔的書，讓女兒找到。

這個東西就是必須這樣小心翼翼隱藏。

栞子靠近窗邊書架，抽出白色書封的文庫本。

新潮文庫《我的書－二〇一〇年的紀錄－》。這本書主打「你所創作、世上獨一無二的書」的標語每年發行。除了每一頁都有日期和星期之外，正文空間全是白紙。

這是可以寫日記也可以當作手帖使用的「書」。與其他新潮文庫書籍的外型相同，還附有胭脂色的書籤繩。

翻看這本書的內容。整本書直到中段部份還沒有寫上任何文字。進入八月左右，才開始出現大輔以別具特色的字跡密密麻麻編織的文章。文章一直延續到書的最後。

八月前半的書頁經常出現《漱石全集．新書版》這個書名。往下翻閱就會陸續出現其他書名──《拾穗．聖安徒生》、《晚年》、《Cracra日記》、《名言隨筆》等。

這是大輔開始在文現里亞古書堂工作那一年的紀錄。

栞子婚後才聽說他把店裡發生的事情都寫在這個《我的書》裡。工作的事情、與栞子的事──寫得最詳細的就是發生在店裡、與舊書相關的事件始末。

也就是「文現里亞古書堂的事件手帖」。

有些像日記一樣每天寫，也有些是事後回顧才一口氣寫完。現在也是，只要突然想起什麼內容或有了新的想法，大輔就會趁著工作空檔提筆撰寫。書裡也有不少條列寫下的內容與片段記述。他本人似乎計畫著總有一天要好好將這些內容連接成完整的文章。

大輔沒有阻止過，不過栞子在此之前幾乎不曾打開這本《我的書》；因為書中針對栞子的部份，他就寫得特別用心，太丟臉了所以讀不下去。

我開始稱呼她栞子小姐，是在這一切紛紛擾擾開始的時候。所以接下來在這本紀錄中，我也會這樣稱呼。

這句話突然映入眼簾，栞子立刻把書合上。額頭上莫名滲出汗水。那個人為什麼要寫得那麼誠實。

不過，好喜歡。

不管怎麼說這本書都不能被其他人看到。先不提內容有自己幼稚的戀愛過程，更重要的是充滿了許多人的祕密。最好別讓我們夫妻之外的其他人知道。

今後也要更加嚴厲地提醒大輔好好注意，別再把書隨手放在某處就忘了。她也擔心這書會被扉子看到、翻閱。

再不回到車上，女兒會起疑。

栞子把書收進包包裡，離開五浦食堂，匆匆前往扉子等待的停車場。

後記

在前作（第七集）的後記中曾經提到，筆者計畫將「因為頁數因素無法寫入主線故事的內容、因為大輔視角而在故事上受到限制、無法闡述的內容、每個登場角色的過往與後續發展」等內容寫成外傳。

本書真的是秉持著這樣的宗旨撰寫，因此鮮少重頭說明。這一集裡沒有寫到的應該是「過往」的部份吧。有一個故事我很想寫，不過很可惜這一集沒有空間能夠容納它了。所以我打算以後有機會再寫。

我從以前就喜歡構思主線故事沒有出現的小插曲。大部份都只是累積在腦子裡、是一些不值得一提的故事片段。把那些片段放大、組合寫出來，就是這次的故事。

這次無論如何都想寫到的，就是與本書出版相同時期的故事。這本書是在二〇一八年的秋天在日本出版。到第七集為止的設定是發生在二〇一〇年到二〇一一年之間的事情，所以與實際撰寫的時間差異愈來愈大。我在創作過程中經常想像——「現在」的文現里亞古書堂變成什麼模樣了？有哪些具體改變？

女兒扉子象徵著改變的部份。既然設定結婚的話，大輔他們就會生小孩吧？現在差不多長到這麼大了吧？小孩當然也愛書，不過個性與栞子不同——我會像這樣在腦子裡建立人物特色。我今後也計畫讓扉子在故事中繼續成長。期待除了舊書的故事之外，也能夠描寫這部份的內容。

這一集也出現了各式各樣的書。最後登場的書，其實我更早之前就想寫了。這次終於有機會介紹給大家認識，或許往後還會再次出現。

《古書堂事件手帖》的真人電影也於二〇一八年秋天在日本上映。全新的「文現里亞」世界正在擴大，身為原作者的我也覺得很幸福。期待各位今後能夠繼續支持本作。

三上延

參考文獻

板垣信久、小西千鶴《昭和天皇的三餐》／旭屋出版

江戶川亂步《少年偵探　江戶川亂步全集9　電人M》／POPLAR社

《我的書－2010年的紀錄－》／新潮文庫

與田準一編著《枳花　北原白秋童謠集》／新潮文庫

北原白秋《枳花》／新潮文庫

山田耕作《自傳　年輕時代的狂詩曲》／中公文庫

維諾格拉多夫／庫茲明《邏輯學入門》／青木文庫

烏斯賓斯基《車布與他的朋友們》／新讀書社

《電玩通週刊》（或稱Famicom通訊，簡稱Fami通）／ASCII

《全勝PC Engine》／角川書店

《BEEP!MEGA DRIVE》／日本SOFTBANK

《FINAL FANTASY V鋼琴譜集》／NTT出版

伏見つかさ《我的妹妹哪有這麼可愛！》／電擊文庫
羅傑·凱洛斯《遊戲與人類》／講談社學術文庫
佐佐木丸美《雪之斷章》／講談社
佐佐木丸美《雪之斷章》／講談社文庫
佐佐木丸美《雪之斷章》／BOOK-ING
宮崎駿《宮崎駿的妄想筆記　滿是泥巴的老虎》／大日本繪畫
《新輯　內田百閒全集》／福武書店
內田百閒《國王的背》／樂浪書院
內田百閒《國王的背》／旺文社文庫
高橋啟介《蒐書三昧　限定本徬徨》／湯川書房
松岡和子譯《莎士比亞全集》／筑摩文庫
《現代日本文學全集》／改造社
芥川龍之介《點心》／金星堂出版
森田玉《木棉隨筆》／中央公論社

國家圖書館出版品預行編目資料

古書堂事件手帖：扉子與不可思議的訪客 / 三上延作；黃薇嬪譯. -- 初版. -- 臺北市：臺灣角川，2019.03

面； 公分. --（角川輕文學）

譯自：ビブリア古書堂の事件手帖：扉子と不思議な客人たち～

ISBN 978-957-564-832-9(平裝)

861.57　　108000930

古書堂事件手帖 ～扉子與不可思議的訪客～

原著名＊ビブリア古書堂の事件手帖 ～扉子と不思議な客人たち～

作　　者＊三上 延
插　　畫＊越島はぐ
譯　　者＊黃薇嬪

2019 年 3 月 21 日　初版第 1 刷發行
2023 年 9 月 22 日　初版第 2 刷發行

發 行 人＊岩崎剛人
總　　監＊呂慧君
總 編 輯＊蔡佩芬
主　　編＊李維莉
設計指導＊陳晞叡
印　　務＊李明修（主任）、張加恩（主任）、張凱棋

台灣角川

發 行 所＊台灣角川股份有限公司
地　　址＊104 台北市中山區松江路 223 號 3 樓
電　　話＊（02）2515-3000
傳　　真＊（02）2515-0033
網　　址＊www.kadokawa.com.tw
劃撥帳戶＊台灣角川股份有限公司
劃撥帳號＊19487412
法律顧問＊有澤法律事務所
製　　版＊尚騰印刷事業有限公司
I S B N＊978-957-564-832-9